CAROL HIGGINS CLARK

FESTA DI NOZZE CON BRIVIDO

Traduzione di Maria Barbara Piccioli

SPERLING & KUPFER EDITORI
MILANO

ISBN 88-200-3901-X
86-I-05

In memoria delle mie nonne,
Nora Cecelia Higgins e Alma Claire Clark,
con gioia e amore!

Ringraziamenti

DESIDERO ringraziare le seguenti persone che mi hanno dato il loro prezioso contributo mentre scrivevo questo romanzo.

Prima fra tutti la mia editor, Roz Lippel, prezioso consigliere e cassa di risonanza con cui è un piacere lavorare. La sua assistente, Laura Petermann, mi è stata di grande aiuto. Un grazie particolare a Michael Korda e Chuck Adams per la loro guida. Sono grata alla mia addetta stampa, Lisl Cade, che come sempre è al mio fianco. Grazie al mio agente, Nick Ellison, e alla responsabile dei diritti esteri, Alicka Pistek.

L'art director John Fulbrook ha fatto di nuovo un magnifico lavoro, così come la responsabile della revisione del testo, Gypsy da Silva. Inoltre, un cenno speciale alla memoria della redattrice Carol Catt. E ancora una volta grazie, mamma! Mia madre, Mary Higgins Clark, è sempre disposta a stare con me al telefono quando ho bisogno d'incoraggiamento!

Infine, grazie alla mia famiglia e agli amici che mi chiedono: «Come va?»

Ora posso giocare le mie carte!

Giovedì, 9 maggio

1

«SVOLTA a destra, sulla strada sterrata», disse Regan Reilly al fidanzato Jack Reilly, che era al volante della sua Lexus. Stavano dirigendosi verso l'ultima delle molte cantine che avevano programmato di visitare durante il loro giro nella Napa Valley e nella contea di Santa Barbara. Regan faceva da navigatore, consultando una guida della California.

«Questa strada sterrata?» chiese Jack. Sterzò, e l'auto cominciò a sobbalzare sollevando una nube di polvere.

Lei sorrise. «Non mi pare ce ne siano altre.»

«Non riesco a immaginare che razza di posto possa essere. Con un nome come *Altered States*, e così fuori mano...»

«La guida dice che è il luogo ideale per rilassarsi, sorseggiare in pace un bicchiere di vino, meditare, dormire nel silenzio della campagna... allontanarsi da tutto, insomma, e lasciarsi lo stress alle spalle.»

«Be', sul fatto di allontanarsi da tutto hanno proprio ragione.» Jack allungò il braccio per prenderle la mano. «E sì che in quest'ultima settimana di località remote ne abbiamo viste.»

I due, che per una strana combinazione avevano lo stesso cognome, si erano conosciuti cinque mesi prima a New York, quando il padre di Regan, Luke, era stato rapito durante il periodo natalizio. L'intervento di Jack, capo della Squadra Speciale Anticrimine di Manhattan, era stato cruciale per il suo ritrovamento.

L'uomo era tornato a casa sano e salvo la vigilia di Natale, e quella sera era cominciata la storia d'amore fra Regan e Jack. Uno strano modo di incontrarsi, ma Luke se ne attribuiva il merito e sosteneva che non gli era stata pagata la sua provvigione di pronubo. Lui e la madre di Regan, la scrittrice di mystery Nora Regan Reilly, erano persuasi che mai coppia fosse stata meglio assortita. A trentaquattro anni, Jack non era soltanto affascinante, simpatico e intelligente, nonché dotato di un caustico senso dell'umorismo, ma aveva anche un promettente futuro. Laureato al Boston College, aveva brillantemente superato vari corsi di specializzazione e nutriva l'ambizione di diventare commissario della polizia di New York. Chi lo conosceva non dubitava che ce l'avrebbe fatta.

Quella era la loro prima vacanza insieme, un giro in auto che da Los Angeles li aveva portati a nord fino alla Pacific Coast Highway e poi indietro attraverso la zona vinicola della Napa Valley. Erano giunti all'ultima tappa prima del rientro a Los Angeles, dove la trentunenne Regan lavorava come investigatrice privata.

Il viaggio era stato fantastico. Avevano passeggiato sulla spiaggia, fermandosi nei piccoli centri della costa, cenando in ristoranti ricchi di atmosfera e che offrivano ottimi cibi. Perfino certi personaggi incontrati in un paio di squallidi locali dove erano capitati per caso erano stati motivo di grandi risate.

«Sai», osservò ora Jack con un sorriso, «non abbiamo mai litigato neppure una volta.»

«Un vero miracolo», rise Regan girandosi a guardarlo. Dio, se è bello, pensò. E mi rende così felice. Alto un metro e ottantotto, con le spalle ampie e capelli color sabbia che tendevano ad arricciarsi, Jack aveva lineamenti regolari e marcati e occhi nocciola. Dal punto di vista fisico era perfettamente complementare a Regan, che, di struttura minuta, aveva i capelli corvini, la carnagione chiara e gli occhi azzurri dal ramo «scuro» della sua discendenza irlandese.

«Questa è la madre di tutte le strade sterrate», dichiarò Jack. Erano quasi le cinque, e dopo essere stati a lungo seduti in macchina, non vedevano l'ora di scendere per concedersi un bicchiere di vino sulla terrazza di quella locanda da cui, stando alla guida, si godeva di una vista incomparabile.

In lontananza, comparve un grappolo di vecchi edifici in pietra e legno, circondati da acri di vigneti. «Ricorda una vecchia città fantasma», bisbigliò Regan. «Proprio come è scritto sulla guida.»

«Questo posto è rimasto abbandonato per anni, giusto?»

«Sì. L'azienda vinicola venne chiusa durante il Proibizionismo e per un certo periodo è rimasta inattiva. In seguito qualcuno l'ha comprata e ristrutturata, poi è fallito. I nuovi proprietari non sono qui da molto.»

Attraversarono lentamente una limonaia e andarono a fermarsi nel grande spazio antistante il fabbricato principale. Fuori, l'aria profumava di campagna.

«È così tranquillo», mormorò Regan.

Il telefono di Jack cominciò a squillare. «Come dicevi?» borbottò lui mentre apriva il cellulare. Dal tono della sua voce, Regan capì che lo avevano chiamato dal suo ufficio. Si incamminò verso l'edificio ed entrò.

«Buongiorno», la salutò una donna alta e sottile in piedi dietro un banco massiccio. Sullo scaffale alle sue spalle baluginavano numerose candele. Dimostrava una cinquantina d'anni e i lunghi capelli biondi striati di grigio le davano un aspetto quasi etereo. «Benvenuta all'*Altered States*.»

E un certo stato di alterazione in effetti non manca... pensò Regan, ma disse: «Grazie. È molto bello qui».

«Ha prenotato?»

«Sì. Siamo in due.»

«Magnifico. Ecco, firmi il libro degli ospiti. Da dove venite?»

«Los Angeles.»

«Oh, fantastico. Ha un biglietto da visita? Vorrei inserirla nella nostra mailing list.»

Regan pescò un biglietto dal portafoglio e glielo porse.

La donna lo fissò un istante, prima di rivolgerle uno sguardo imperscrutabile. «Lei è un'investigatrice privata?»

«Infatti.»

«Splendido», disse l'altra. «Davvero splendido.»

«Oh, proprio splendido non direi...» rise Regan. Sentì la porta aprirsi alle sue spalle e si girò sorridendo, nella speranza che fosse Jack. Era lui, però non aveva più l'aspetto rilassato di poco prima.

«Mi dispiace tanto», esordì, «ma domani devo essere a New York. Sai, quel caso di cui ti ho parlato...»

Regan avvertì una fitta di disappunto. «Oh, Jack, questo vuol dire che la vacanza è finita.»

«Lo so, mi dispiace davvero tanto. Credo che faremmo bene a rientrare a Los Angeles stasera stessa.»

La donna dietro il banco li guardava con aria comprensiva. «Saremo felici di avervi nostri ospiti un'altra volta. Una vostra visita ci farebbe davvero piacere.»

«Saremo lieti di tornare», risposero Jack e Regan all'unisono.

Un gatto nero saltò sul banco.

Non potevano immaginare che Regan sarebbe tornata lì meno di ventiquattr'ore dopo.

2

LUCRETIA Standish premette il pulsante sul comodino per la terza volta da quando si era svegliata nella sua sontuosa camera da letto a Beverly Hills. Abitava lì da poco e provava ancora gusto a pigiarlo con forza non appena le attraversava la mente l'idea di richiedere l'intervento della cameriera. La quale, sforzandosi di non perdere la pazienza, pensava con rimpianto alla sua vecchia datrice di lavoro, morta com'era vissuta, pacificamente, solo tre mesi addietro. La casa era stata subito venduta alla Standish, completamente arredata.

La nuova proprietaria aveva novantatré anni e poco tempo da sprecare per ammobiliarla. «Si impiegano anni a sistemare una casa, un'eternità, e a me non resta tanto tempo. Questo posto mi piace così com'è. Voglio tutta la baracca.»

«La famiglia potrebbe non...» aveva tentato di protestare l'agente immobiliare.

«Questa è la mia offerta. Prendere o lasciare.»

Il parente più stretto della donna deceduta era stato fin troppo felice di risparmiarsi il fastidio di sgomberare le stanze, e la transazione era stata effettuata.

La casa, un ranch con giardino e piscina, era elegante ma confortevole, perfetta per Lucrezia. Nella sua camera tutto, dalla folta moquette alle tende di seta, alla morbida trapunta e alle dozzine di cuscini, era nelle sfumature del pesca... tonalità e tessuti concepiti per favorire la calma. Un'impresa non da poco per quegli oggetti inanimati; alcuni l'avrebbero giudicata impossibile. Lucretia non era un tipo facile.

Nei suoi novantatré anni di vita aveva visto molto. Suo padre era stato proprietario di un'azienda vinicola che aveva dovuto chiudere durante il Proibizionismo, e a sedici lei si era trasferita a Hollywood, dove era diventata una promettente attrice del cinema muto. Stava raggiungendo la notorietà quando si era verificato l'avvento del sonoro e, ahimè, la sua voce stridula non le aveva lasciato speranze di una transizione soddisfacente. Poi, il giorno del suo venticinquesimo compleanno, il mercato azionario era crollato.

«Il tempismo è tutto», amava dire Lucretia. «E il mio non è stato spesso dei migliori. Gli anni Venti non furono esattamente fantastici per la mia famiglia.» Poi, con un sorrisetto malizioso, aggiungeva: «Ma gli ultimi settanta non sono stati male». Il suo ottimismo non aveva mai vacillato.

Si era sposata cinque volte, aveva viaggiato per tutto il mondo e vissuto in tre continenti. Quando il suo ultimo marito, Haskell Weldon, era morto giocando a bingo durante una crociera, lei aveva fatto ritorno al suo appartamento di New York. Poi, a una festa, un giovane appena conosciuto le aveva passato la dritta giusta.

«C'è una nuova società punto-com i cui profitti stanno andando alle stelle», le aveva bisbigliato. «Se fossi in lei, ci investirei tutto il denaro di cui può privarsi.»

«Che cos'è una società punto-com?» aveva chiesto Lucretia.

Tredici fruttuosi mesi dopo, persuasa che le cose belle non durano per sempre, aveva venduto le azioni, appena prima che la società andasse a gambe all'aria. Con sessanta milioni di dollari sul suo conto la donna si era decisa a lasciare l'appartamento di New York e a tornare in California, dove il clima era migliore. Mentre si aggirava per Beverly Hills, la domenica pomeriggio successiva al suo arrivo, aveva notato che davanti alla casa ammirata quando era una giovane attrice dagli occhi sognanti c'era un cartello: VENDESI - VISITE IN LOCO.

«È il destino», aveva esclamato affrettandosi a scendere dall'auto. Non aveva perso tempo a fare la sua offerta. «Questa casa mi ha rubato il cuore settant'anni fa. Magari ora sono un po' troppo vecchia per i party che fantasticavo di organizzarci, ma ho tutte le intenzioni di realizzare il mio sogno!» aveva spiegato all'agente immobiliare. Due settimane dopo la proprietà era sua.

Lucretia premette di nuovo il pulsante e la cameriera fece il suo frettoloso ingresso. «Sì, signora?»

«Perché Edward non è ancora arrivato, Phyllis?» chiese la donna con un filo di impazienza. Benché colpevole di aver mandato in frantumi la sua carriera cinematografica, la sua voce era ancora sorprendentemente forte e decisa. L'anziana signora era una donnina minuta con lineamenti delicati, capelli paglierini, carnagione luminosa e piacevolmente liscia, grazie ai geni e a un'occasionale tiratina qua e là. Era facile capire perché la cinepresa l'avesse amata. Peccato che il microfono non avesse fatto altrettanto, tirando fuori soltanto il peggio di lei.

«Chi lo sa.» Phyllis, una donna sulla settantina, non

era tipo da sprecare parole. La sua passione erano le trasmissioni a premi, e nel corso degli anni aveva partecipato a molte. Robusta, con una faccia da bulldog, aveva gli angoli della bocca piegati all'ingiù che le davano un'aria funerea.

Lucretia alzò le spalle. «Già.» Sapeva di aver fatto una domanda sciocca. Edward non sarebbe dovuto arrivare prima di una decina di minuti. «Andrò a sedermi nel patio. Mandalo da me non appena arriva.»

«Sicuro.» Phyllis si affrettò a tornarsene in cucina dove, sullo schermo del piccolo televisore posato sul banco, un concorrente stava per vincere un bel mucchio di bigliettoni.

Otto minuti dopo Edward Fields risaliva il vialetto a bordo della sua BMW. Lucretia gli aveva telefonato sul presto per dirgli che aveva bisogno di parlare con lui. Aveva fatto parecchi soldi grazie alla dritta che le aveva passato e si fidava di lui. Il che era un bene, pensava l'uomo, perché aveva bisogno di lei. Ancora non gestiva il suo patrimonio, e al momento Lucretia era la sua unica preda in città; l'aveva seguita fino in California da New York.

A quarantasei anni, Fields aveva un aspetto serioso che coltivava con cura. Tre vecchie signore prima si era reso conto di apparire più credibile se si presentava come una via di mezzo fra un benevolo sacrestano e uno scrupoloso commercialista, qualcuno che aveva a cuore il tuo benessere e il tuo conto in banca. I corti capelli castani, tenuti a freno dal gel e con una riga diritta come la lama di un rasoio, e l'espressione zelante degli occhi marroni, incorniciati da occhiali dalla montatura di corno, svolgevano a meraviglia la loro funzione.

Parcheggiò, prese la ventiquattrore dal sedile a fianco e andò alla porta. Indossava un sobrio completo grigio con la camicia bianca e un papillon nero.

«È sul retro», lo accolse seccamente Phyllis indicando con la testa in direzione della piscina.

«Grazie, signora», replicò Edward con cortesia esagerata. Detestava dover ammettere di avere un po' paura di quella donna. Era a lei che Lucretia si rivolgeva quando lui non era nei paraggi, e sospettava che avesse intuito le sue mire. Uccidi il nemico con la gentilezza, pensava ogni volta che i suoi occhi si posavano su quella faccia da bulldog.

Trovò Lucretia seduta vicino alla piscina. Avvolta in un caftano variopinto, sedeva sotto un ombrellone rosa sorseggiando una bibita alla frutta dello stesso colore.

«Caro!» strillò nel vederlo.

«Lucretia.» Edward si chinò a baciarla sulla guancia prima di raddrizzarsi per guardarsi intorno. «Non immagini quanto sia contento che tu sia riuscita ad aggiudicarti questa casa. È perfetta per te.»

Era il suo modo di ricordarle ancora una volta che, se era lì, era per merito suo. Lo faceva tutte le volte che gli era possibile.

«Ne sono felice anch'io», replicò Lucretia eccitata, guardando con ammirazione l'acqua scintillante, il prato ben curato e il piccolo spogliatoio tinteggiato color pesca perché si intonasse all'ombrellone. «E ho deciso che è arrivato il momento di dare una festa.»

«Ottima idea!» Edward stava già pensando a chi avrebbe invitato. Tutti quelli che, per un motivo o per l'altro, desiderava impressionare.

«Una festa di famiglia», riprese la donna. «Ecco di cosa volevo parlarti oggi.»

«Una festa di famiglia?» Edward era sorpreso. Non aveva mai conosciuto i parenti di Lucretia, e anzi, credeva che non ne avesse. Si accorse che aveva cominciato a sudare.

«Il mio caro Haskell aveva una nipote, due nipoti e una pronipote. Vivono tutti in California e voglio mettermi in contatto con loro.»

I figli della sorella del suo defunto marito, spiegò, erano tutti degli hippie, perennemente alla ricerca di una pace interiore che soffici cuscini rosa non potevano fornire. Poco prima della morte di Haskell avevano acquistato una vecchia cantina che, abbandonata ai tempi del proibizionismo, era stata di recente ristrutturata. Gli ultimi proprietari erano falliti, e i tre fratelli l'avevano rilevata per poco. Progettavano di aggiungervi un centro di meditazione, una beauty farm e un negozio di candele. Quando si erano rivolti a lui per avere consiglio, li aveva esortati ad andare avanti. «Pensate in grande», aveva detto. «È così che io sono arrivato al successo.»

Non si erano mostrati entusiasti quando, un paio di anni prima, lo zio aveva annunciato la sua intenzione di sposare Lucretia. Dopo tutto, la conosceva appena. Le sue nozze con Haskell erano state celebrate in Europa e loro due avevano trascorso gran parte dei due anni successivi in crociera, così che lei non aveva mai conosciuto i parenti del marito. Avevano appena deciso di organizzare una riunione di famiglia quando quella serata di bingo troppo animata lo aveva stroncato.

«Perché vuoi metterti in contatto con loro?» chiese Edward con voce stridula. Dio, pensò, dei parenti che si mettono di mezzo è proprio quello di cui ho bisogno.

«Perché voglio che vengano al nostro matrimonio», rispose Lucretia sorridendogli. «Ho deciso di accettare la tua proposta.»

Edward le prese la fragile manina e se la portò alle labbra. «Amore mio», sussurrò. «Sono sopraffatto. Non credevo che tu...»

«Io neppure», ammise con prontezza la donna. «Ma sei stato meraviglioso con me. Devo dire che, quando ero giovane, non ti avrei mai considerato il mio tipo. Molto francamente, preferivo gli uomini affascinanti. Ora che sono più matura, però, mi rendo conto di quanto sia importante avere accanto qualcuno che sia serio, attento e premuroso...»

«Sono questo e molto di più», gracchiò lui, vagamente offeso ma felice che la sua recita avesse funzionato così bene. «Perché non ci concediamo una fuga d'amore oggi stesso?»

«Ragazzaccio!» rise Lucretia. «Voglio fare ammenda con i parenti di Haskell, e che loro vengano al matrimonio. Non mi hanno mai accettato perché pensavano che stessi dietro al denaro dello zio, ma non era affatto così. Haskell e io ci amavamo. Così ho deciso di regalare a loro gli otto milioni di dollari che lui mi ha lasciato. Due a testa. Sarà una sorpresa, non trovi? E il resto è tutto per noi!»

«Un altro po' di limonata?»

I due si voltarono di scatto a guardare Phyllis, in piedi vicino a loro con una caraffa in mano.

«Non ora, per favore!» scattò Lucretia.

A Ewdard girava la testa. Dare via otto milioni, pensò cupo per un nanosecondo. Poi rammentò che un giorno l'intero patrimonio di Lucretia sarebbe stato suo...

Lei gli strinse la mano con le dita sottili. «Tu hai casa nel Sud della Francia e a New York, e io ho questa bellissima dimora. Possiamo vivere qui, ma non intendo più viaggiare. Una volta una chiromante mi disse che sarei morta all'estero, quindi credo che d'ora in poi me ne resterò tranquilla! Spero non ti dispiaccia...»

«Niente affatto», rispose lui un po' troppo in fretta.

Lucrezia indicò la sdraio vicino a lei. «Siediti, tesoro. Dobbiamo combinare per questa domenica.»

«Domenica?» boccheggiò Edward.

«Fra quattro giorni, sì. Non vedo l'ora. Sono stata sveglia tutta la notte a pensare ai festeggiamenti per il nostro matrimonio. Ho tirato fuori l'album di foto che i nipoti di Haskell gli avevano regalato poco prima che ci conoscessimo. Devo dire a Phyllis che li chiami subito per invitarli qui domenica.»

Edward tirò fuori il fazzoletto e si asciugò il sudore che colava dai capelli accuratamente pettinati. Aveva i palmi delle mani umidi. Domenica il suo valore sarebbe stato di cinquantadue milioni di dollari.

Lucretia prese dal tavolino l'album delle foto e l'aprì. «Voglio che impariamo a riconoscere i loro visi e a ricordare i nomi. Saremo una sola grande famiglia felice. Il caro Haskell ne sarebbe così contento.» Indicò la foto di un tizio calvo di mezza età, con indosso quello che sembrava un pigiama. «Questo è Earl. È lui che ama la meditazione, sai. Ed ecco Leon, che gestisce la cantina.» Si strinse nelle spalle. «Mi fa pensare al mio povero padre. Aveva una magnifica azienda vinicola, poi il governo stabilì che bere era illegale.» Girò la pagina. «Ecco Lilac, con le sue candele e i suoi incensi. Francamente, a me sembrano un po' delle sciocchezze.» Guardò Edward, che stava fissando la foto sotto quella di Lilac. «Qualcosa non va, caro?»

Lui indicò il ritratto di una bionda attraente sui venticinque anni. «Questa chi è?» chiese cercando di mantenere calma la voce.

«La figlia di Lilac, Freshness.»

«Freshness?» L'uomo parve immediatamente sollevato.

Lucretia alzò gli occhi al cielo. «È così che ha voluto chiamarla la madre. In onore dell'aria così fresca il giorno in cui è nata. Un nome hippie. Ma perfino Freshness si è resa conto di quanto fosse ridicolo e, quando è diventata attrice, ha scelto di chiamarsi Whitney, Whitney Weldon. Pare che abbia ottenuto delle buone particine in alcuni film.»

Il sangue era defluito dal viso di Edward. «Inviterai anche lei al matrimonio?»

«Naturalmente. Muoio dalla voglia di sentirla parlare del suo lavoro. La recitazione mi manca ancora! In realtà, è l'unica che desidero effettivamente incontrare.»

Non se io posso evitarlo, pensò Edward, che lottava per non far trapelare la sua ansia. E ci riuscirò, si ripromise. Per nulla al mondo avrebbe permesso a Freshness di rovinargli il matrimonio.

Costasse quel che costasse.

Venerdì, 10 maggio

3

REGAN aprì la porta ed entrò nella stanza aggirando la pila di posta che si era accumulata sul pavimento. Erano solo le otto del mattino e si sentiva già come se avesse una lunga giornata alle spalle. Aveva lasciato Jack all'aeroporto alle sette, e poi deciso di andare in ufficio per rimettersi in pari con il lavoro arretrato.

In genere lavorare le piaceva, ma non quel giorno. Con il corpo era lì, però la sua mente stava ancora in vacanza con Jack. Lui era partito e non lo avrebbe rivisto per altre due settimane, quando sarebbe andata a New York per il fine settimana del Memorial Day.

Costringendosi a essere efficiente, posò sulla scrivania il sacchetto di carta marrone contenente il caffè e un muffin ai mirtilli, lasciò cadere la borsa e si chinò a raccogliere la posta. Mentre si guardava intorno, pensò che di solito la sua «casa lontano da casa» le era di conforto, invece quella mattina l'ufficio aveva un che di solitario, di trascurato. Come me, si disse.

Il suo ufficio si trovava in un vecchio stabile vicino a Hollywood; aveva i pavimenti di piastrelle bianche e nere e le tubature che gorgogliavano, ma per lei era perfetto.

Non avrebbe mai voluto stare in un grattacielo, preferiva quell'atmosfera un po' antiquata alle moderne comodità.

Andò a spalancare la finestra, lasciando entrare l'aria fresca del mattino. «Così va meglio», borbottò. «Questo posto ha bisogno di essere arieggiato. È ora di darsi da fare.»

Tolse il coperchio al bicchiere di plastica con il caffè e si sedette alla scrivania sulla sedia anatomica che prometteva di darle tutto, da un buon sostegno alla schiena a un amore senza riserve, e che le era costata una fortuna. Assaggiò la bevanda calda e iniziò la cernita della corrispondenza, quando lo squillo del telefono spezzò la quiete della stanza.

Chi poteva chiamarla a quell'ora? si chiese perplessa. Sua madre era da qualche giorno a Los Angeles per un giro di presentazioni nelle librerie, e suo padre aveva raggiunto la moglie per conoscere i produttori di un film tratto dal suo ultimo romanzo. Lei e Jack avevano cenato con loro la sera prima sul tardi. Non era possibile che fossero i suoi. Quanto a Jack, in quel momento stava sorvolando il Nevada.

Il telefono squillò di nuovo. Probabilmente una vendita telefonica, pensò mentre sollevava la cornetta. «Regan Reilly.»

«Parla Regan di persona?»

«Sì.»

«Sono contenta di averla trovata. Salve.»

«Salve... posso esserle d'aiuto?»

Si udì un sospiro. «Oh, è tutto talmente strano. Va bene. Vediamo...»

Regan prese una penna e si tirò vicino un taccuino legale mentre aspettava di sentire qualcosa che meritasse di venire annotato. La donna sembrava quanto meno vaga, ma la chiamata la distraeva dal rimpianto di non essere più con Jack.

«In realtà ci siamo conosciute ieri... all'*Altered States.*»

Regan rimase sorpresa. «Oh, la signora che era alla reception.»

«Proprio io. Mi chiamo Lilac Weldon, e sono felice di aver scoperto che lei era un'investigatrice privata. Credo sia stato Kismet, il destino, a farci incontrare.»

«Il destino?» ripeté Regan. «Perché mai?»

Lilac si schiarì la voce. «Ieri mi ha chiamato la cameriera di una vecchia attrice che mio zio sposò qualche anno fa. Ora lui è morto e lei sta per risposarsi, con un certo Edward. Vuole che i miei due fratelli, mia figlia e io partecipiamo al matrimonio, domenica.»

Fin qui, tutto bene, pensò Regan.

«Il fatto è che non siamo mai stati particolarmente vicini. Anzi, non la conosciamo neppure. Sono stati sposati solo un paio di anni e lui le ha lasciato tutto. Noi non abbiamo avuto un centesimo. Non uno. Comunque, ho risposto in modo educato, dicendo che il preavviso era davvero molto breve e che non sapevo se ce l'avremmo fatta. Forse avremmo potuto incontrarci in un'altra occasione... insomma, lo sa, un po' di bla bla bla. Questa domenica è la Festa della mamma e qui abbiamo parecchio lavoro. Pensavo che la cameriera avesse capito che non avevo intenzione di andarci.»

Regan non aveva ancora scritto una sola parola.

«Poi stamattina presto ha richiamato. Sul serio, ero stupefatta. Mi ha confidato che secondo lei Lucretia, la donna che sta per sposarsi, contava di dare a noi il denaro lasciatole da mio zio, ma che voleva vedere se, pur senza saperlo, ci saremmo presi la briga di accettare il suo invito. Se fossimo andati *tutti*, lei avrebbe sganciato i soldi.»

«Quanto?» chiese Regan.

«Due milioni a testa.»

«Io andrei.»

Lilac fece una risatina nervosa. «Oh, lo so. È tutto molto strano. Ho appena parlato con i miei fratelli, e loro vogliono partecipare.»

Naturalmente, pensò Regan.

«Insomma, quei soldi ci farebbero comodo. Abbiamo investito tutto quello che avevamo in questo posto, e ci sono ancora diversi lavori da fare... Il problema, però, è che mia figlia non ci sarà fino a domenica pomeriggio tardi. Conta di tornare per cena la sera della Festa della mamma, ma allora sarà troppo tardi.»

«Non può telefonarle?»

«Il fatto è che fa l'attrice e vive a Los Angeles, ma ha una parte in un film che stanno girando vicino a Santa Barbara. Le ho parlato ieri mattina, prima di sapere del matrimonio, e mi ha detto che venerdì era libera e non aveva ancora deciso dove si sarebbe diretta nei giorni successivi. È uno dei suoi week-end via-col-vento.»

«Via-col-vento?»

«A volte le piace mettersi in macchina e andarsene in giro da sola per un paio di giorni. Per entrare in contatto con il suo io interiore, comunicare con la natura, capisce? Le ho telefonato nella sua camera in albergo stamattina, ma non c'era. Le ho lasciato un messaggio, però potrebbe essere già partita.»

«Non ha un cellulare?» chiese Regan.

«I cellulari mal si adattano ai week-end via-col-vento. Se lo porta dietro, ma lo tiene spento e lo usa solo in caso di emergenza, un guasto, per esempio. Dice che si stressa a rispondere di continuo alle chiamate. Quindi, è probabile che fino a domenica sera a cena io non abbia sue notizie.»

Sarebbe una vera sciagura, pensò Regan. La sorprendeva che qualcuno potesse allontanarsi per giorni rendendosi irreperibile. Da buona irlandese, lei era abituata ad aspettarsi sempre il peggio, e il pensiero che i suoi non potessero raggiungerla telefonicamente l'avrebbe fatta sentire molto in ansia. Ma quella gente vedeva le cose in modo diverso. «Come si chiama sua figlia?»

«Freshness.»

«Freshness?» Dio, pensò Regan, continuo a ripetere quello che dice lei.

«Proprio così. È nata in una splendida mattina di primavera, ecco perché le ho dato questo nome. Solo che ora si fa chiamare Whitney.»

Un punto per la figlia. «Che cosa vorrebbe che facessi, Lilac?»

«Trovare Freshness.» Una pausa, poi: «Regan, abbiamo davvero bisogno di quei soldi. Ci siamo indebitati e...»

«Capisco», la interruppe l'altra. Poi d'improvviso si chiese perché la cameriera si fosse presa la briga di fare quella seconda telefonata. Poteva trattarsi di uno stratagemma di qualche sorta? «Ma di soldi per voi potrebbero non essercene affatto», l'avvertì. «Chi può sapere se la cameriera le ha detto la verità?»

«Ci ho pensato», ammise Lilac. «Ma perché non tentare? Lo zio Haskell era un brav'uomo, e deve aver voluto bene a quella signora. L'idea che non ci abbia lasciato niente ci brucia ancora. Ma c'è un'altra cosa...» La voce le si ruppe. «Regan, d'un tratto sono preoccupata per Freshness. Non so spiegarlo, però... ho la sensazione che potrebbe accaderle qualcosa di brutto se non la troviamo prima di domenica. Ha mai provato niente del genere?»

«Oh sì», rispose quietamente Regan. «E la mia superstiziosa nonna irlandese aveva continue premonizioni, che spesso si rivelavano veritiere. Ma partiamo dai fatti. Dove viene girato il film? Potrei andare a parlare con la gente sul set. E com'è intitolato?»

Lilac esitò, prima di rispondere a quest'ultima domanda. «Si chiama *Jinxed*. Iellato.»

4

QUELLA notte Eddie Fields non aveva chiuso occhio. Eccolo lì, con la fortuna a portata di mano e una piccola idiota, Freshness, che rischiava di rovinare tutto. Perché mai si era iscritto a quel corso di recitazione a New York? Pensava che lo avrebbe aiutato a perfezionarsi nel ruolo del sobrio consulente finanziario, ma di fatto non ne aveva alcun bisogno. Era un maestro nell'ingannare gli altri.

Whitney Weldon aveva seguito il suo stesso corso. Dovevano cimentarsi in una scena insieme e un giorno si erano trovati per provare nell'appartamento di lui. A un certo punto un suo amico aveva telefonato, lasciando un messaggio sulla segreteria mentre loro stavano ripassando le battute. Eddie non aveva pensato ad abbassare il volume.

«Congratulazioni. A quanto pare, sei riuscito a far sganciare gli ottocentomila dollari alla vecchia strega. Non dimenticarti del tuo socio, ora. Me ne devi ottantamila. Il dieci per cento. E questa volta non sprecare i soldi ai cavalli.»

«Molto edificante», aveva commentato sarcastica Whitney. «Vorrei avere quel nastro per portarlo alla polizia. Sei un individuo disgustoso!» E se ne era andata.

Eddie non si era più fatto vedere al corso. Tutto questo era accaduto tre anni addietro; poi la società punto-com da cui era stato incaricato di trovare fondi aveva reso straordinariamente bene per Lucretia. La donna si era trasferita in California, e lui l'aveva seguita.

Aveva bisogno di Lucretia, pensò. Gli servivano i suoi milioni. Non aveva seguito il consiglio del socio e ancora una volta aveva perso tutto alle corse.

L'appartamento dove abitava a Venice Beach era al meglio squallido, al peggio invivibile. Odio questo posto, si disse mentre entrava nella doccia sforzandosi di ignorare le macchie di muffa. Ma se tutto va come dico io, dovrò sopportarlo solo per un paio di giorni ancora. Si insaponò, poi passò allo shampoo. Detestava il gel con cui doveva cospargersi i capelli per avere l'aspetto di un autentico sgobbone. Una volta che avesse sposato Lucretia, si sarebbe lentamente riappropriato del suo autentico aspetto... quello di un uomo attraente.

Rise mente rifletteva sull'importanza di presentarsi al mondo nel modo giusto. Abiti, taglio di capelli, atteggiamento, maniere. Se Lucretia avesse visto il «vero Eddie», con le sue magliette psichedeliche, gli short sbrindellati di tela jeans, i capelli ricci arruffati mentre ballava nel bar sulla spiaggia, probabilmente avrebbe avuto un attacco di cuore. Non poteva permetterle di conoscere quel lato di lui, e tuttavia lo infastidiva che lei lo giudicasse privo di fascino. Non aveva forse detto che da giovane non lo avrebbe degnato di un'occhiata? Questo dimostrava che non capiva niente.

Si mise un asciugamano intorno alla vita e andò in camera da letto, dove era raccolta la sua misera collezione di beni terreni. Aveva affittato l'appartamento già arredato ed era evidente che gli inquilini precedenti non si erano mai preoccupati di trattarlo con la cura che si dedica a una casa propria.

Nell'armadio erano appesi i suoi pochi vestiti buoni. Quelli e l'auto erano i suoi principali strumenti di lavoro. Farsi vedere a bordo di una bella macchina, soprattutto a Los Angeles, era segno di rispettabilità, e a quel punto la battaglia era già vinta per metà.

Di lì a un quarto d'ora Edward era pronto a lasciare l'appartamento e a mostrarsi al mondo come il rispettabile fidanzato di Lucretia Standish. Solo che non sarebbe andato direttamente a Beverly Hills; prima doveva passare in aeroporto. Parcheggiò fuori dell'area ritiro bagagli del Terminal A. Il suo amico lo aveva appena chiamato per dirgli che l'aereo era atterrato. Ed eccolo lì, il suo complice nel crimine. Rex. Mister Dieci per cento.

Dopo aver gettato la borsa nel bagagliaio, Rex salì in auto e subito scoppiò a ridere. «Ciao, Eddie», esclamò. «Sei una meraviglia. Bella pettinatura. A che ora è l'addio al celibato?»

Lui diede gas e partì a razzo.

«Ehi, amico, neppure il tempo di allacciare la cintura di sicurezza?» protestò l'altro. Era un uomo corpulento sui trentacinque anni, attraente in un modo un po' canagliesco, con capelli biondo sporco, occhi verdi e lineamenti scabri. La mascella squadrata e il naso largo potevano apparire avvenenti o inquietanti, a seconda del suo umore. Quando voleva, sapeva rendersi affascinante, ma per il resto aveva un pessimo carattere.

Si immisero nella corsia dei veicoli che lasciavano l'aeroporto.

«È la verità, Rex. Questa volta ho finalmente fatto centro.»

«E io mi becco il dieci per cento... quanto fa? Intorno ai cinque milioni, direi. Domenica ne varrai più di cinquanta.»

«Solo se tu trovi Freshness e la tieni lontano fino a che non è stato celebrato il matrimonio.»

«Farò del mio meglio.» Il tono di Rex era così serio che Edward si voltò a lanciargli un'occhiata.

«Non posso credere di avere avuto quella stupida idea del corso di recitazione», si lamentò. «Quando si dice la sfortuna. Se non mi fossi iscritto, ora sarei perfettamente al sicuro.»

«Forse, e forse no», ribatté l'altro. «Ti sei imbattuto in tanta gente. Chi ci dice che una delle vecchie signore che hai 'consigliato' non salti fuori all'improvviso?»

Edward sventolò la mano, come per liquidare la questione, e Rex scrollò le spalle. «Allora, dov'è la foto della mia nuova ragazza?»

Lui estrasse di tasca una busta e gliela porse. Conteneva la foto che aveva sottratto dall'album di Lucretia.

«Niente male», commentò il socio. «La tipica ragazza americana della porta accanto. Capelli biondi, lentiggini. Forse dovrò sposarla.»

«Non fino alla prossima settimana», scattò Edward.

«Ehi, prenditela calma. So che sei sotto pressione, ma per favore, voglio che il giorno del tuo matrimonio sia perfetto. Come lo hai sempre sognato.»

Edward grugnì, poi si concesse una risatina. «Scusami.» Lasciò la strada principale e si diresse verso l'area delle auto a noleggio. «Ora sali su una di quelle e raggiungi il set vicino a Santa Barbara. Dovresti trovarla lì.»

«Dovrei?»

«Dove può essere altrimenti? La madre ha detto a Lucretia che sta recitando in un film e che sarebbe stata sul set per parecchie settimane. Come attrice, lei si fa chiamare Whitney Weldon.»

«È tutto quello che sai?»

«Per il momento. Oltre al titolo del film: *Jinxed.*»

«Wow. Si direbbe una pellicola vincente.»

Eddie fermò la macchina. «Hai la sua foto. Hai l'indirizzo dell'ufficio di produzione. Sono sicuro che non incontrerai difficoltà a rintracciare la nostra piccola Freshness.»

«Il pensiero dei cinque milioni di dollari mi ispirerà.» Rex aprì la portiera. «Ci si vede.» Scese, ma all'ultimo minuto tornò a voltarsi. «Non sarebbe male se tu scoprissi qualcosa di più sul suo conto, socio.»

«Sarò tutto orecchie», promise Eddie. «Chiamami quando arrivi.»

Rex allungò una manata scherzosa alla fiancata dell'auto, mentre Eddie ripartiva diretto alla casa di Lucretia. Si fermò solo per comperare una dozzina di rose rosse.

5

REGAN stava tornando verso il suo appartamento sulle Hollywood Hills, sovrastanti il Sunset Boulevard. Il piccolo complesso appariva tranquillo e silenzioso. Gli uccelli cinguettavano e il sole era alto nel cielo limpido e azzurro.

Nel suo confortevole trilocale guardò la valigia, appoggiata sul pavimento, che non aveva ancora disfatto dal giorno prima e cominciò a infilare in una borsa alcuni indumenti e gli oggetti da toeletta. La sveglia sul comodino in camera da letto segnava le nove e due minuti.

Sollevò la cornetta e digitò il numero del *Four Seasons*. La madre le rispose subito.

«Oh, ciao, cara. Come sta Jack?»

«Più o meno come ieri sera, immagino», scherzò la giovane. «L'ho lasciato all'aeroporto stamattina presto.»

«Quel ragazzo mi piace», disse Nora seria.

«Lo so, mamma.»

«È un peccato che abbia dovuto rientrare prima del previsto.»

«Be', avevano bisogno di lui a New York. E io devo lavorare a un nuovo caso.»

«Davvero?»

«Sto per partire per Santa Barbara.»

«Di nuovo?»

«Stamattina ho ricevuto una chiamata; devo rintracciare una ragazza che lavora sul set di un film da quelle parti.»

«Ti hanno già chiamato?»

«Proprio così. Sono passata dall'ufficio e ora sono tornata a casa a preparare una borsa. Volevo solo farti sapere che non potrò raggiungervi a cena stasera.»

«Che peccato. Wally e Bev erano ansiosi di vederti.»

Wally era il produttore che aveva realizzato per la televisione un paio di film tratti dai romanzi di Nora; Bev era la sua taciturna e rassegnata moglie. A tavola Wally aveva l'abitudine di schioccare continuamente le dita, di solito per suggerire che i suoi film erano pieni d'azione, dopodiché si teneva impegnato masticando uno stuzzicadenti.

«Dispiace anche a me», rispose educatamente Regan. «Ma qualcosa mi dice che non tornerò in tempo.» In poche parole, riassunse le circostanze relative alla necessità di trovare Freshness.

«Due milioni a testa?» si stupì Nora. «Solo per assistere al matrimonio?»

«Già. Come mai nella nostra famiglia non ci sono zie così?»

«Buona domanda. Non dimenticare però che, quando è morta, la zia Aggie ti ha lasciato quella deliziosa credenza. E i piatti di porcellana che oggi non si trovano più.»

«Avrei preferito i due milioni.»

«Ti capisco», concordò Nora. «Lei era una stella del cinema muto, hai detto? In ogni caso, Regan, stai attenta. Ti passo papà; vuole salutarti.»

«Ciao, piccola.» La voce di Luke era piena di calore.

«Ciao, papà.» Regan si immaginava i genitori che facevano colazione nella loro suite. Luke, con il suo metro e novantacinque e gli eleganti capelli argentei, e la piccola Nora, bionda e dai lineamenti patrizi, probabilmente con indosso una vestaglia di seta. Che coppia. L'impresario di pompe funebri e la scrittrice di mystery che avevano passato felicemente insieme più di trentacinque anni.

«Come sta Jack?» chiese Luke.

Regan sorrise. E dopo trentacinque anni pensavano nello stesso modo, considerò. «Bene, papà. Spero di vederti questo fine settimana, ma oggi devo andare fuori città per lavoro.»

«Ho capito. Stai attenta.»

«Lo farò. Ci sentiamo.»

Quando riappese, Regan stava ancora sorridendo. Era fortunata ad avere due genitori così, si disse.

In auto, raddrizzò lo specchietto retrovisore, inforcò gli occhiali da sole e accese il motore.

«E via, alla ricerca di Freshness», disse ad alta voce mentre usciva dal parcheggio in retromarcia.

6

REGAN prese la 101, la strada interna, per raggiungere Unxta, la cittadina dove venivano effettuate le riprese del film. A tratti, la statale costeggiava l'Oceano Pacifico e lei quasi non riusciva a credere di aver goduto degli stessi panorami solo il giorno prima con Jack.

Uscì all'altezza di Unxta. Al telefono le avevano spiegato che gli uffici della produzione si trovavano nell'albergo dove alloggiavano gli attori e la troupe. Mentre risaliva la stradina tortuosa, oltrepassando le caratteristiche case in mattoni color fango e dai tetti rossi, Regan pensò a quanto amasse quella zona. La contea di Santa Barbara era davvero unica. Cantine, palme, negozi fantastici per lo shopping, un clima temperato e la vicinanza dell'oceano e delle montagne la rendevano un posto davvero piacevole dove soggiornare.

Erano le undici passate da poco quando arrivò all'hotel. L'edificio non sembrava particolarmente attraente, ma un'insegna al neon reclamizzava le stanze con la TV via cavo e l'interno sembrava pulito e ordinato. L'addetto alla reception non pareva avere particolarmente voglia di darle retta. Alla fine, però, la indirizzò verso un corridoio in fondo al quale avrebbe trovato gli uffici di *Jinxed*.

Giunta davanti alla porta chiusa, Regan bussò.

«Avanti!» tuonò una voce da dentro.

La stanza conteneva quattro scrivanie collocate a pochi centimetri di distanza l'una dall'altra. Le pareti scomparivano dietro una profusione di tabelle tappezzate di fogli e una donna parlava al telefono con toni impazienti.

«Posso aiutarla?» chiese quando riattaccò. Sulla quarantina, portava un berretto da baseball sui capelli ricciuti di un biondo sfacciato, aveva una matita infilata dietro l'orecchio e modi molto determinati.

«Lo spero. Sto cercando Whitney Weldon.»

«Whitney? Non è la sola.» Prese il calendario delle riprese e lo sfogliò. «Come immaginavo. Non lavora fino a lunedì.»

«Ha idea di dove possa essere?» chiese Regan.

L'altra la squadrò incredula. «Sa a quanti attori devo stare dietro? Di solito, quando hanno un paio di giorni liberi, se ne vanno in giro da qualche parte. Questa zona è stupenda. C'è chi preferisce la campagna, chi la spiaggia; altri invece passano tutto il tempo nella loro stanza a crogiolarsi nell'infelicità. Non lo chieda a me.»

«È una questione di famiglia. Sua madre sta cercando di rintracciarla e mi ha chiesto di aiutarla.» Doveva apparire convincente senza menzionare i due milioni di dollari, pensò. Anche se quel particolare le avrebbe sicuramente garantito la piena attenzione della sua interlocutrice.

La donna sospirò. «Ha idea di che cosa significhi girare un film con degli attori viziati e capricciosi? E questa è una pellicola a basso budget! Gli agenti vogliono questo, gli agenti vogliono quello... A un attore non è piaciuta l'auto con cui siamo andati a prenderlo in aeroporto. Se lo immagina? Ed è uno che riceve la paga sindacale. Non una star!»

Regan sorrise comprensiva. «Un bel po' di tensione, eh?»

«Parlare di tensione è un eufemismo. È ri-di-co-lo!» La donna scandì ogni sillaba con grande energia. «Ieri il catering ha portato dell'insalata di pollo che doveva essere avariata, perché oggi parecchi non stanno bene. Non si può lasciare il cibo a marcire sul set per ore. Vediamo... che altro può andare storto?» Bevve un sorso di caffè. «A proposito, lei chi è? Un'amica della famiglia di Whitney?»

«A dire la verità, sono un'investigatrice privata.»

L'altra la guardò come se la vedesse per la prima volta. «Oh, allora fa sul serio. Le va una tazza di caffè?»

«Volentieri.» Regan aveva adocchiato la caffettiera in un angolo. «La prendo io.» Si alzò e andò a riempire una tazza di quello che sembrava un intruglio vecchio di giorni.

«Il latte è nel frigo», disse la donna.

«Grazie.» Regan si chinò ad aprire il piccolo sportello, individuò un cartone semivuoto di latte scremato e lo versò nella tazza. Tornò alla scrivania e in quel momento notò, fra i vari fogli affissi alle tabelle, una foto di Whitney. Quella mattina Lilac le aveva spedito via e-mail un'istantanea della figlia, ma l'immagine appesa era una fotografia professionale venti per venticinque, e la ragazza appariva bellissima.

La donna aveva seguito la direzione del suo sguardo. «Eccola lì. Ne vuole una copia? Posso fargliela.»

«Grazie.»

«Torno subito», disse l'altra, e sparì nella stanza accanto.

È una fortuna che all'improvviso abbia deciso di collaborare, pensò Regan mentre ascoltava il ronzio della fotocopiatrice. Rende tutto più facile.

Pochi istanti dopo teneva in mano la copia della foto,

in cui Whitney aveva un'espressione intensa, drammatica. Quella che le aveva procurato la madre, invece, la raffigurava sorridente. Probabilmente lei se ne era fatta fare diverse, proponendosi di volta in volta con aria comica, seria, sexy o disinvolta. In funzione del ruolo per cui si candidava.

«Io sono Joanne», annunciò la donna sedendosi di nuovo alla scrivania.

«Regan Reilly.»

«Ha detto Regan Reilly?»

«Sì, infatti.»

«Nora Regan Reilly è sua madre?»

«Proprio così.»

«Non riesco a crederci. L'ho conosciuta durante la lavorazione di un film tratto da un suo romanzo. Mi ha parlato della figlia che era un'investigatrice privata.»

Regan sorrise. «Davvero?»

«Già. Anche quel film lo abbiamo girato da queste parti.»

«Me lo ricordo, ma non ho mai avuto il tempo di fare un salto sul set.»

«La saluti da parte mia. Anche se probabilmente non si ricorderà di me.»

«Oh, io scommetto di sì», la rassicurò lei.

«Con sua madre ci siamo fatte quattro risate mentre era qui. Un sollievo.» Joanne abbassò gli occhi sulla scrivania. «Guardi che casino.»

«Vedo che è molto impegnata...»

«In questo lavoro non ci si ferma mai. Poi, quando tutto è finito, vai a casa e crolli.»

«Immagino. Avrei solo qualche domanda da farle.»

«Certo. Non si preoccupi. Si rilassi, beva il suo caffè.»

«È delizioso», mentì Regan.

«Farò il possibile per aiutarla, ma se devo rispondere al telefono o se arriva qualcuno in piena crisi isterica, dovremo interrompere. Sa com'è, no?»

«Assolutamente. Allora, che cosa può dirmi di Whitney?»

«Ragazza simpatica. Sui venticinque. Recita da un cinque anni, più o meno. Attrice comica, soprattutto. Questa è la parte più importante che abbia mai avuto e credo sia un po' nervosa.»

«Davvero?»

«Be', io penso di sì. Solo una sensazione. Vuole fare un buon lavoro, ma ieri le sue scene non sono andate troppo bene. Sembrava che ci fossero cattive vibrazioni sul set. L'aiutoregista continuava a urlare perché stessero zitti. Non è stata una gran giornata.»

«Quindi forse Whitney ha sentito il bisogno di allontanarsi per un po'», suggerì Regan.

«Lo farei anch'io se potessi, mi creda.»

Là fuori c'è un sacco di spazio, rifletté l'investigatrice, e Whitney non è attesa da sua madre prima di domenica sera, ossia fra più di quarantott'ore. Potrebbe essere dovunque. «Nei paraggi c'è un posto in particolare che gli attori frequentano?» chiese. «O dove lei potrebbe essere andata?»

«Diceva di essere cresciuta non lontano da qui, ma dove non ne ho idea. Questa è una zona magnifica, che offre un sacco di opportunità. Dipende solo da quanto sei disposto a spendere.» Joanne si interruppe e aggrottò la fronte. «Devo riconoscere di essere curiosa. È successo qualcosa?»

Regan scosse la testa. «Un matrimonio in famiglia, domenica, e la madre ci tiene che sia presente anche lei. È importante.»

«E non poteva avvertirla prima?»

«No. A sposarsi è una vecchia zia che si è appena fidanzata; è molto anziana e non vuole aspettare, così all'improvviso ha deciso di celebrare le nozze questo fine settimana.»

L'altra sorrise. «Qualcosa mi dice che la signora dev'essere ben rifornita.»

«Di questo non so niente», si limitò a rispondere Regan.

Joanne sventolò una mano. «Avevo una zia che ci siamo coccolati per anni. Ha lasciato tutto a un rifugio per animali. Noi non ce ne capacitavamo. Insomma, non ho nulla contro cani e gatti, ma è ri-di-co-lo! Non un centesimo a quelli di noi che non abbaiavano e non camminavano su quattro zampe.»

Regan rise.

«È vero. Ora come ora, non mi romperei il collo per partecipare al matrimonio di qualcuno. È solo uno spreco di tempo. Se vogliono lasciarti qualcosa, lo fanno. Ma di solito quelli con la grana individuano un opportunista a un chilometro di distanza. A proposito, chi è il promesso sposo?»

«Non lo so», rispose Regan con sincerità. «Non conosco nessuno dei due. Il mio lavoro è trovare Whitney.»

Joanne si sistemò meglio il berretto. «Perché non viene a pranzo con noi? Ci saranno tutti, e forse qualcuno potrà darle un'indicazione utile. Io qui ho troppo da fare, non ho tempo per parlare con gli attori dei loro progetti per il week-end.»

«Sarebbe fantastico. Gliene sono davvero grata. Se qualcuno per caso la sente, potrebbe chiederle di mettersi in contatto con sua madre o con me.»

Joanne lanciò un'occhiata al grosso orologio che spiccava sul braccio abbronzato. «La pausa pranzo è fra un'ora. Stanno predisponendo tutto in un piccolo parco a un isolato da qui. Potremmo incontrarci là.»

In altre parole, pensò Regan, fuori dai piedi, ho del lavoro da fare. «Ottimo», disse, poi si chinò in avanti a bisbigliare in tono cospiratorio: «So che Whitney ha una stanza qui all'hotel. La madre ha provato a chiamarla per tutta la mattina senza ricevere risposta. Crede che potrei dare un'occhiata alla camera?»

Joanne le scoccò uno sguardo pensieroso. «Non saprei, Regan.»

«Voglio vedere se c'è un indizio di dove è andata», si affrettò a spiegare l'investigatrice. «Magari la brochure di un albergo, o un appunto. Se vuole, posso chiamare la madre e passargliela...»

L'altra alzò una mano. «Non ce n'è bisogno. Le darò la chiave, ne abbiamo una di scorta per ogni stanza, nell'eventualità che un attore che si trova sul set si sia dimenticato qualcosa.» Roteò gli occhi. «Proprio come in un thriller! Comunque, sono sicura che non ci sarà problema se dà un'occhiata alla camera.» Da un cassetto estrasse una lista che consultò rapidamente, poi prese la chiave della stanza 178. «Che razza di matrimonio dev'essere», commentò mentre la tendeva a Regan.

7

Arrivando alla villa della Standish, Edward fu sorpreso di non trovarvi nessuno. Entrò con le chiavi che lei gli aveva dato. Le stanze erano fresche, confortevoli, anche se l'arredamento non era quello che lui avrebbe scelto. Pregò in silenzio che per Lucretia non fosse troppo lontano il momento di ricevere la sua ricompensa celeste, lasciandolo così libero di comperare qualche divano in pelle che desse all'ambiente un tono più mascolino.

Nella cucina immacolata che si affacciava sul cortile posteriore trovò un vaso di cristallo in cui disporre le rose. Sul piano di lavoro c'era un biglietto vergato con una calligrafia tremolante.

Carissimo Edward,

Phyllis e io siamo andate in città a fare compere. Mi serve un vestito nuovo per il gran giorno! Tornerò all'ora di pranzo. Mi manchi già. Con amore,

Lucretia

«Ti attendo con ansia», disse lui mentre riempiva il vaso d'acqua. Quando squillò il telefono, sollevò la cornetta.

«Pronto», disse in tono vivace.

«C'è Lucretia?» chiese una voce di donna.

«No, non è in casa.»

«Sono Lilac Weldon, sua nipote. Con chi parlo?»

Eddie deglutì. «Sono Edward. È un piacere sentirla.»

«Oh, anche per me. Non vediamo l'ora di conoscerla, domenica.»

«E io non vedo l'ora di incontrare la famiglia di Lucretia.»

«Grazie. Sa, in realtà non ho bisogno di parlare con Lucretia, può aiutarmi lei. Sto comprando uno speciale regalo di nozze e non conosco il suo nome completo.»

Oh, Dio, pensò lui. Era una fortuna che lo avesse cambiato. «Edward Fields.»

«Nessun secondo nome?»

«No. I miei non erano particolarmente fantasiosi.»

«Mia figlia avrebbe preferito che io lo fossi di meno. L'ho chiamata Freshness, ma per il mondo lei è Whitney Weldon.»

«Divertente.» Edward strinse con più forza la cornetta. «Ho saputo che è un'attrice.»

«Sì. Sta girando un film che per lei potrebbe significare molto, ma al momento è via per il week-end. Le piace passare qualche giorno da sola, di tanto in tanto, senza tenersi in contatto con noi. So, però, che sarebbe felice di partecipare al matrimonio, così ho ingaggiato una persona perché la rintracci.»

«Ha ingaggiato...?»

«Proprio così. Un'investigatrice privata, Regan Reilly. Si è già messa al lavoro. Mi sono detta che era arrivato il momento che la famiglia si riunisse, e questa è l'occasione perfetta. Credo che Lucretia sarà felice se verremo tutti.»

«Sicuramente», bisbigliò Eddie. «E le farà sicuramente

piacere sapere che si è presa la briga di ingaggiare un investigatore privato.»

«La prego, non glielo dica. Voglio che sia una sorpresa. Regan sta cercando Freshness proprio in questo momento, e sono certa che la troverà.»

«Lo spero proprio.»

«Ci sarà anche la sua famiglia, Edward?»

«No, non ho più nessuno.»

«Oh.» La voce di Lilac si addolcì. «Ma verranno certamente i suoi amici. Sarà un piacere conoscerli.»

«Vivono a New York.» L'uomo stava praticamente balbettando. «È successo tutto così in fretta che... non credo riusciranno a venire. Ma Lucretia e io contiamo di andarci questa estate.»

«Così lei è di New York. Dove abita, di preciso?»

«Nella City. Oh, c'è un'altra chiamata. Ci vediamo domenica, allora.»

«Benissimo», rispose Lilac.

Edward riattaccò e chiuse gli occhi nel tentativo di calmarsi. Poi prese il cellulare e digitò il numero di Rex.

«Ora sono due le persone di cui dobbiamo occuparci», disse quando il socio rispose. «La seconda si chiama Regan Reilly.»

8

A BORDO della Rolls-Royce di Lucretia, con Phyllis al volante, le due donne raggiunsero Beverly Hills. La cameriera faceva già da autista per la precedente proprietaria, e quella macchina di lusso era un altro dei beni che Lucretia aveva comprato assieme alla casa.

«Ti piace il tuo lavoro?» chiese l'anziana signora a Phyllis.

«Mettiamola così: se vincessi un sacco di soldi alla lotteria, darei le dimissioni!»

Lucretia rise. «Sentirei la tua mancanza.»

Phyllis le scoccò un'occhiata in tralice. «Sul serio?» Si sentiva in colpa nel ripensare alla telefonata a Lilac. Un po', ma non più di tanto.

«Assolutamente. È importante avere vicino persone che ci stanno a cuore. E alla mia età, gran parte degli amici sono morti e sepolti.»

«Ecco perché ha fatto bene a invitare la sua famiglia al matrimonio», affermò Phyllis. «Il sangue non è acqua.»

«In realtà, non si tratta precisamente del mio sangue, ma di quello di Haskell.»

«Quello che è», borbottò la donna mentre scendevano

lungo Rodeo Drive. «A proposito, dove vivono i parenti di Edward?»

«Non ne ha», replicò rattristata Lucretia.

«Proprio nessuno? Tutti hanno almeno un cugino nascosto da qualche parte.»

«Credo che per lui parlarne sia troppo doloroso», commentò con semplicità Lucretia mentre passavano lentamente davanti alle varie boutique.

Si sta facendo tardi, pensò Phyllis occhieggiando l'orologio. Finirò per perdere il mio programma a premi preferito.

Alla fine, da *Saks*, Lucretia trovò un abito rosa guarnito di perline con le scarpe in tinta.

«È deliziosa», dichiararono le commesse, ammirandola.

«Per quanto si può esserlo alla mia età», rispose la donna con un sorriso. «E ora pensiamo a te, Phyllis.»

«Oh, io non ho bisogno di nulla.»

«Sì, invece.»

Un quarto d'ora dopo, quando Phyllis sparì nel camerino di prova carica di vestiti, la direttrice del negozio si rivolse a Lucretia in tono deferente: «Non l'avevo mai vista. Vive qui da poco?»

«Ci vivevo anni fa», rispose la donna. «Ero una stella del cinema muto. Anni così belli..»

Quando Phyllis riemerse con la sua scelta, un elegante tailleur di seta, Lucretia stava concludendo il suo racconto. «Ho guadagnato milioni con una società punto-com e ora sto per risposarmi.»

«Con il marito numero sei. Che storia fantastica. E pensare che è stata una stella del cinema muto! Un'autentica ispirazione per tutte noi.»

Lucretia sorrise. «Oggi pomeriggio ci faremo rilasciare

la licenza matrimoniale. E domenica sfoggerò il mio bel vestito nuovo.»

Erano appena uscite, quando la direttrice sollevò la cornetta del telefono. «Ho una fantastica notizia per la vostra rubrica mondana», disse.

9

La stanza 178 era economica e insulsa, con un letto matrimoniale, un ampio armadio con parecchi cassetti, un televisore e due comodini. A Regan capitava di sentirsi depressa quando esaminava una di quelle squallide camere d'albergo. Il copriletto grigio bruno avrebbe fatto precipitare i livelli di serotonina di chiunque, pensò, e forse proprio per questo Whitney vi aveva aggiunto un tocco personale: un paio di cuscini ricamati a piccolo punto. C'erano poi alcune fotografie incorniciate sulla scrivania, un cappello colorato sopra l'armadio, e una profusione di candele simili a quelle che lei aveva visto nel negozio della cantina.

Non ci voleva molto tempo per dare un'occhiata in giro.

Una finestra scorrevole si affacciava sulle colline che digradavano verso il Pacifico. Certo, la stanza poteva non essere granché, si disse, ma la vista era splendida.

Regan sedette alla scrivania e prese in mano una foto di Whitney con la madre. La somiglianza fra le due era sorprendente. Un'altra istantanea mostrava la giovane fra due uomini che avevano l'aria di essere imparentati tra loro. Lilac aveva detto che la figlia era molto legata agli zii, e che il padre era un imbroglione che le aveva abbandonate quando lei era piccolissima. Da anni non avevano sue notizie.

Aprì il cassetto della scrivania. Conteneva una copia della sceneggiatura di *Jinxed*, e sulla prima pagina compariva il nome JUDY in lettere rosse. Quando la sfogliò, vide che tutte le battute di Judy erano evidenziate. Strano che Whitney non l'abbia portata con sé, si disse.

Tirò di più il cassetto e scoprì una rubrica telefonica e un'agenda. Aprì quest'ultima alla pagina del giorno, che naturalmente era bianca. Ricordò che domenica sarebbe stata la Festa della mamma. Un rapido controllo delle altre pagine non le fornì informazioni, ma dal fondo cadde un pezzetto di carta. «COSE DA FARE» c'era scritto.

1 Prendere un bel regalo per la mamma. Ceramica?
2 Crema per il viso
3 Vitamine
4 STARE CALMA

Quando era stato steso quell'elenco? si chiese Regan. Una veloce occhiata agli altri cassetti non rivelò nulla di insolito. Nell'armadio trovò una grande valigia vuota. Gli oggetti da toilette erano in bagno, ma mancavano spazzolino da denti e dentrificio.

Stava per uscire quando notò una rivista per terra tra il letto e il comodino: *Destinations and Diversions*. All'interno, parecchi appunti a fianco di pubblicità di ristoranti, hotel e centri termali della California centrale. «Sono sicura che non ti dispiacerà se la prendo in prestito, Whitney», disse Regan ad alta voce. «Spero che mi aiuti a rintracciarti.»

La radiosveglia segnava le dodici e un quarto.

Ora di pranzo, pensò lei lasciando la stanza.

10

ERA stata una settimana pesante per Whitney Weldon. Aveva iniziato una relazione con Frank Kipsman, il regista, e naturalmente avrebbero dovuto tenerla segreta fino al termine delle riprese. Lei ci teneva tanto a fare un buon lavoro, e Frank era preoccupato perché il denaro si stava esaurendo. Inoltre, il suo agente le aveva telefonato per comunicarle che le era stata soffiata una parte importante da un'altra giovane attrice, che sembrava sempre riuscire a precederla di un passo.

La sera prima si era diretta a nord, verso la costa, fermandosi in un piccolo albergo affacciato sull'oceano. Quella mattina aveva dormito fino a tardi, poi, inquieta, aveva passeggiato a lungo sulla spiaggia. Sentiva il bisogno di una maggiore concentrazione. Con il pensiero continuava a tornare al seminario per attori di cui le aveva parlato Ricky, uno degli assistenti di produzione. Si sarebbe tenuto sabato in una casa sulle colline. I posti ancora disponibili erano pochi e per questo lui l'aveva pregata di non farne parola con nessuno. In un primo momento Whitney aveva esitato – chi aveva bisogno di un altro corso? – poi però aveva continuato a rifletterci.

Forse dovrei andarci, si disse. Potrebbe essermi utile. Non ho altro da fare, e Frank deve tornare a Los Angeles per cercare altri fondi. Pescò nella borsa il numero telefonico che Ricky le aveva dato, e per qualche istante indugiò fissando il foglietto. Probabilmente sarebbe stata l'unica partecipante a godere già di una certa notorietà, si disse. Ma in fondo si era appena lasciata sfuggire un ruolo di spicco.

Prese il cellulare, compose il numero e parlò direttamente con l'uomo che avrebbe tenuto il seminario. Era regista e sceneggiatore, e sembrò compiaciuto della sua adesione. Il seminario costava cinquecento dollari e terminava la domenica mattina. Whitney pensò che era perfetto. Chiuse il telefono senza preoccuparsi di controllare se c'erano messaggi.

«Bene», disse ad alta voce. «Questa è un'iniziativa positiva.» Era quasi tentata di tornare all'albergo di Unxta per passarvi la notte. Era più vicino al luogo dove si teneva il corso e lei avrebbe avuto la possibilità di prendere una tuta e qualche indumento comodo. Quasi sempre nei seminari si stava seduti per terra.

No, voglio stare lontana da quelle vibrazioni.

Rimarrò qui, decise mentre contemplava le acque agitate del Pacifico.

11

NEL parco era pronto il buffet per il cast e la troupe di *Jinxed*. C'era di tutto, dalle insalate ai maccheroni, fino al necessario per preparare i sandwich. Sulla griglia cuocevano hot dog e hamburger, mentre frutta, biscotti e dolci erano disposti sul piano in bella vista. Cinque minuti dopo la fine dell'ultima ripresa si era già formata una lunga fila.

Al suo arrivo, Regan individuò Joanne.

«Di qua», la chiamò la donna agitando il braccio.

L'investigatrice si diresse verso di lei, meravigliata come sempre della quantità di gente che lavora sul set di un film. Era una bella giornata e tutti sembravano contenti di stare all'aperto. I tavoli si stavano riempiendo, e il barbecue fumava. Regan si chiese quanti vegetariani ci fossero tra i presenti e se si sentissero disturbati dall'odore della carne alla griglia.

«Si accomodi. Le va di mangiare qualcosa?» chiese Joanne.

«Grazie. Aspetterò che la coda diminuisca.»

Una donna sulla sessantina, con vistosi capelli rossi, pantaloni neri aderenti e una blusa bianca oversize, si avvicinò di gran carriera al loro tavolo. Grandi orecchini e un paio di occhiali esagerati completavano il look. Regan si rese immediatamente conto che non era una timida violetta.

«Sono Molly. Faccio la truccatrice.»

«Salve», la salutò lei.

«Joanne mi ha detto che sta cercando Whitney. Va tutto bene, spero.»

«Così credo. Domenica ci sarà un matrimonio in famiglia, e dato che ai suoi piacerebbe che partecipasse anche lei, mi hanno incaricato di rintracciarla.»

«So che ieri non era di buon umore.» Molly si sedette accanto a lei. «Durante le sessioni di trucco si chiacchiera molto, e Whitney mi ha confidato che era intenzionata a lavorare di più sulla sua recitazione. Che voleva imparare a 'lasciarsi andare'. Non che non sia brava; io credo che diventerà una star.»

«Sa se segue dei corsi?»

«Sì. Mi ha detto che studia con Clay Ruleman a Beverly Hills. Un sacco di attori che conosco hanno una fiducia cieca in lui.»

«Immagino che non sia andata là per il week-end», rifletté Regan ad alta voce.

«Forse sì. Lui tiene delle lezioni di sabato.»

«Vale la pena verificare, allora.»

«A Whitney piace anche camminare in montagna. Dice che la rilassa.»

Oh, fantastico, pensò Regan. Trovare un escursionista in California era come cercare un ago nel classico pagliaio.

Mentre mangiava un hot dog e beveva una Coca, scoprì soltanto che gli attori di solito la sera si ritrovavano nel bar dell'albergo. Whitney li aveva raggiunti un paio di volte per bere un bicchiere di vino, ma aveva l'abitudine di andare a letto presto. Regan pensò che la ragazza fosse preoccupata per il suo lavoro – quella era la prima parte di rilievo che le veniva assegnata – e che avesse deciso di allontanarsi dal set per rilassarsi un po'.

Distribuì parecchi biglietti da visita e a tutti chiese: «Se vedete Whitney o la sentite, ditele di chiamarmi, per favore».

Di nuovo in auto, prese il cellulare e telefonò al servizio informazioni per avere il numero dello studio di Clay Ruleman. Seppe così che quel sabato non ci sarebbe stata lezione. Ruleman era fuori città.

Regan mise in moto. Passò davanti alla casa in cui si svolgevano le riprese, e dove in quel momento Frank Kipsman stava pranzando da solo. Ignorava che lei stesse cercando Whitney.

12

REX aveva noleggiato il fuoristrada più anonimo che era riuscito a trovare. Avrebbe preferito una decappottabile per godersi il sole, ma non desiderava certo farsi notare. Mentre si dirigeva verso Unxta, scoprì di essere vagamente ansioso per tutti quei milioni di dollari che avrebbe incassato se fosse riuscito a tenere a bada Whitney Weldon fino a domenica.

Rise nervosamente. Accidenti, che fortuna aveva avuto Eddie. Quello era senza dubbio il suo colpo più grosso, rifletté. E quant'era stata fortunata la stessa Lucretia! Se non avesse venduto in tempo, avrebbe perso tutto il capitale investito, così com'era successo a molti altri che si erano fidati di quella società. Non si capacitava che Eddie fosse stato reclutato per trovare investitori, una delle sue poche attività oneste. Chi avrebbe potuto immaginare che avrebbe raccolto simili benefici, quando i genietti che lo avevano assunto erano rimasti senza un soldo? E prima o poi avrebbero scoperto che lui si era sistemato per sempre, grazie alla loro società che invece era colata a picco.

Sospirò, passandosi una mano tra i capelli. Quanti anni avrebbe dovuto aspettare il suo socio prima che Lucretia tirasse le cuoia? si chiese. Che diavolo, per qualche altro milioncino ci avrebbe pensato lui stesso.

Impiegò meno di tre ore ad arrivare a Unxta, e una volta in città, si diresse verso l'hotel che ospitava gli uffici di produzione di *Jinxed*. Mangerò un boccone e cercherò di scoprire qualcosa, si disse, ma quando stava per entrare nel parcheggio dell'albergo scorse una fila di furgoni parcheggiati più avanti.

«Qualcuno sta facendo un picnic», borbottò. Parcheggiò più vicino possibile e spense il motore. Abbassò il finestrino in tempo per sentire una donna con un berretto da baseball dire a un'altra che una certa Regan Reilly, che stava cercando Whitney Weldon, sarebbe venuta lì per pranzo. Rex non credeva alle sue orecchie. La Reilly era l'investigatrice di cui gli aveva parlato Eddie.

Aspetterò che arrivi, decise. Poi la seguirò per vedere dove la conducono le sue ricerche. E se dovesse trovare Whitney, mi occuperò di entrambe. Whitney Weldon e Regan Reilly sarebbero scomparse contemporaneamente. Rise soddisfatto. Il vecchio Eddie ne avrebbe avute due al prezzo di una.

Pochi minuti dopo comparve una donna che si rivelò essere proprio l'investigatrice. Rex scese e andò a sedersi su una panchina, non lontano dal tavolo a cui era accomodata Regan. Quando infine lei si alzò per andarsene, risalì in macchina e la seguì. Non intendeva perderla di vista.

13

SEDUTA in auto, Regan sfogliava la copia di *Destinations and Diversions* trovata nella stanza di Whitney. Era una rivista turistica locale, che pubblicizzava hotel, ristoranti, attività ricreative e spiagge. La contea di Santa Barbara vantava centosessanta chilometri di costa; la ragazza aveva tracciato un cerchio intorno alla sezione riservata alle spiagge, e c'erano dei punti esclamativi vicino a tutte quelle menzionate... il che non restringeva esattamente il campo delle ricerche, considerò Regan con una smorfia di frustrazione, lasciando cadere la rivista sul sedile del passeggero.

Si guardò intorno. Il parcheggio dell'albergo era silenzioso. Erano le prime ore del pomeriggio, quando il caldo si fa sentire e le energie scemano. Da bambina, ricordò, in estate a quell'ora sguazzava nella piscina comunale, senza mai stancarsi. Sarebbe stato simpatico sedersi all'ombra con un bel bicchiere di limonata a portata di mano. Se fossi Whitney e avessi qualche giorno libero, si disse, punterei dritta verso una spiaggia.

Tirò fuori il taccuino e cominciò a prendere appunti. Whitney era preoccupata per la qualità della propria performance. Voleva migliorare la recitazione. Secondo la madre, passava spesso il fine settimana in giro da sola.... si lasciava portare dalla corrente, per così dire. Regan ci aveva provato un paio di volte, ma aveva sempre finito per correre a casa e telefonare a un'amica proponendole di cenare insieme. Passava già troppo tempo da sola sul lavoro, ed essendo cresciuta come figlia unica, se doveva isolarsi preferiva istintivamente la tranquillità del suo appartamento alla strada, dove tutti sembravano muoversi in gruppo.

Ma uno spirito libero come Whitney che cosa avrebbe fatto? Di sicuro aveva optato per il mare, concluse. Perché altrimenti avrebbe aggiunto quei punti esclamativi accanto alle spiagge citate dalla rivista?

Accese il motore e tornò alla superstrada. Whitney doveva essere andata a nord, rifletté. Era in quella direzione che avrebbe dovuto trovarsi domenica sera, ed era improbabile che scegliesse di allontanarsi verso Los Angeles.

Prese la Route 1 e si fermò in una decina di alberghi e motel lungo il percorso. Whitney Weldon non era registrata in nessuno di essi. Cominciò a stendere una lista, poi telefonò a Lilac per dirle che l'avrebbe raggiunta e che aveva bisogno dell'aiuto suo e dei suoi fratelli: avrebbero dovuto chiamare tutti gli alberghi elencati nella rivista di viaggi.

Erano le cinque quando imboccò di nuovo la strada sterrata che portava alla cantina. Trovò Lilac alla reception. La donna si alzò per salutarla e Regan pensò che assomigliava alla Madre Terra, con la camicetta scollata alla contadina, la gonna lunga di cotone e i sandali fatti a mano.

«Sono felice di rivederla, Regan. Earl e Leon muoiono dalla voglia di conoscerla. Vado a chiamarli.»

Rimasta sola, ne approfittò per dare un'occhiata all'ambiente. Il salone, arredato con mobili rustici, era molto bello. Ampie finestre si affacciavano sui vigneti e le colline dolcemente ondulate. La porta a vetri si apriva su un'ampia terrazza. Le camere erano situate a un'estremità della reception, e all'altro capo c'era la sala da pranzo.

Dieci minuti più tardi sedeva con Lilac, Earl e Leon sulla terrazza sul retro. Tutti avevano in mano un bicchiere di limonata.

«Sicura di non volere un po' di vino?» chiese Leon. «Abbiamo dello chardonnay e del pinot nero di ottima qualità.»

«Magari dopo», rispose lei.

I due fratelli non si somigliavano affatto. In jeans aderenti e maglietta, Leon era il tipico macho. Intensamente abbronzato e con i capelli scuri, esibiva un folto paio di baffi. Earl, invece, era alto e angoloso, con la testa rasata. Indossava quello che avrebbe potuto passare per un pigiama di garza e gli zoccoli.

È sorprendente quanto possano essere diversi i figli degli stessi genitori, rifletté Regan. Se avessi un fratello o una sorella, chissà che aspetto avrebbero.

Senza dubbio da giovane Lilac era stata una hippie, considerò poi. Sottile, con i capelli biondi lunghi e lisci screziati di grigio e senza un filo di trucco, sarebbe stata perfetta per una pubblicità dei cereali integrali. Aveva una sua bellezza eterea, e si capiva come a venticinque anni avesse potuto dare alla figlia il nome di Freshness. Tutti e tre i fratelli erano i classici figli del baby boom ormai sulla cinquantina.

«È fantastico», commentò Regan. «Così voi tre vivete e lavorate insieme.»

«Avere una cantina è sempre stato il mio sogno», disse

Leon. «Mi piace lavorare la terra. In Italia nostro nonno faceva il vino nella vasca da bagno. A quanto ne so, non si è mai preso un riconoscimento, ma a lui piaceva. Quando mia madre si è trasferita qui con papà – si erano conosciuti durante la seconda guerra mondiale – ha cominciato a spedirgli cartoline che illustravano i vigneti della California. Il nonno è venuto a trovarci un paio di volte prima di morire. Mi sembra ancora di udirlo dire: 'Leon, la cosa migliore che tu possa fare è lavorare la terra. Sentirla scorrere tra le dita'.

«Il guaio è che allora lavoravo come giardiniere e guadagnavo bene. All'epoca ero sposato e avevo una moglie da mantenere. Non avevo abbastanza denaro per comperare un vigneto decente. Poi, pochi anni fa, venni a sapere che questo posto sarebbe stato venduto all'asta. Era abbandonato; dicevano che era infestato dai fantasmi. Non è grande, ma costava poco. Non riuscivo a crederci. Da solo non ce l'avrei fatta, così persuasi mio fratello e mia sorella a investire con me. Avevamo ereditato un po' di soldi alla morte dei nostri genitori.»

Earl e Lilac ascoltavano sorridendo. Era evidente che Leon era il leader.

«Earl ha messo in piedi il centro di meditazione. Lilac gestisce il negozio e la locanda. Vogliamo trasformare questo posto in un'enoteca di qualità con caratteristiche diverse da tutte le altre.»

Regan annuì.

«Ma ci vogliono soldi. Abbiamo le tasse da pagare. Si sono rotte attrezzature che avrebbero dovuto essere ancora in buone condizioni. E i mobili costano cari. Vogliamo ristrutturare il fienile e altri annessi che al momento sono pieni di cianfrusaglie. E c'è una cantina qui vicino che non è per niente contenta del nostro arrivo perché le portiamo via una fetta degli affari.»

«Davvero?»

«Già. Su nella Napa Valley di posti come questo ce ne sono fin troppi, ma possono contare su uno straordinario flusso di turisti. Anche loro, però, hanno problemi. Gli ambientalisti non vogliono che vengano abbattuti altri alberi per fare posto ai vigneti, e c'è chi pensa che la valle stia diventando fin troppo frequentata. Lo stato della California ormai produce un'eccedenza di vino che sta facendo abbassare i prezzi.»

«Non me ne ero resa conto», commentò Regan.

Leon agitò una mano. «Comunque, sono ancora contento della nostra scelta. Quaggiù la zona del vino non è altrettanto famosa, e a noi sta bene così. Questo posto è perfetto per viverci. Pensavamo anche, in un futuro, di costruire dei piccoli cottage a uso privato. Nel caso qualcuno di noi si risposasse e avesse bisogno della sua intimità.»

«Sarebbe una grande novità», commentò Earl. «In questa famiglia il numero dei divorzi supera la media nazionale.»

L'investigatrice ridacchiò. «Hanno partecipato in molti all'asta?»

«No, e la cosa mi ha sorpreso. Pensavo che saremmo stati in tanti.»

«E ora voi avete...» Regan si interruppe a metà frase nel vedere Earl alzarsi, poi chinarsi in avanti e toccarsi gli alluci con la punta delle dita. Gli altri due non batterono ciglio.

Earl si raddrizzò e cominciò a stirarsi. «Si dice che il vino favorisca il benessere, aiuti la digestione e acquieti l'anima. Lo stesso fa la meditazione e noi, qui, offriamo entrambe le cose.»

«Mi sembra allettante.»

«Mio fratello e io siamo molto diversi», continuò l'altro mentre faceva ruotare la testa.

«Siediti, Earl», scattò Leon.

L'uomo obbedì e si sedette assumendo la posizione del loto.

Leon lo guarda come se volesse ucciderlo, pensò Regan. Si dice sempre che non è facile lavorare con i parenti.

«Qui siamo felici», intervenne Lilac, con il palese intento di alleggerire l'atmosfera. «I miei fratelli e io siamo diversi, è vero, ma pensavamo che sarebbe stato bello onorare nostro nonno e formare una specie di comune. Ai suoi tempi, in Italia, le famiglie vivevano in piccoli borghi e, dato che qui non ce ne sono, abbiamo pensato di crearne uno. I nostri ospiti e amici sono gli abitanti del villaggio.»

Non mi sorprende che Whitney se la sia filata per il fine settimana, fu tutto quello che riuscì a pensare Regan.

L'orologio di Earl emise un *bip*. «Ora del frullato di vitamine», annunciò alzandosi.

«Aspetta un minuto», lo fermò il fratello. «Prima finiamo la riunione. È importante per il futuro di questo luogo che troviamo Whitney.»

Earl annuì quasi impercettibilmente. Non deve essere di grande aiuto a Leon nella vigna, considerò Regan. E di sicuro non riesco a immaginare Leon in meditazione. No, lui era quello con i piedi saldamente posati per terra, mentre Earl era il sognatore con la testa nelle nuvole. E la sorella sembrava una via di mezzo.

«A quanto mi ha detto Lilac, presentandovi al matrimonio di Lucretia vi assicurerete un bel po' di soldi.»

«È assolutamente incredibile.» Il tono di Leon era deciso. «Perché non ce li dà subito e la fa finita?»

«E perché dovrebbe?» ribatté Lilac. «Non ci siamo mai curati di lei.»

Leon si rivolse a Earl. «Vorrei che tu non avessi incoraggiato Whitney a prendersi uno dei suoi week-end via-col-vento. Dovremmo essere sempre in grado di tenerci in contatto con lei.»

«Ha bisogno di spazio», fu la semplice risposta dell'altro.

«Bene», si affrettò a intervenire Regan. «Sono stata sul set. Pare che Whitney fosse un po' preoccupata per le scene che hanno girato questa settimana.»

«È un'ottima attrice», disse Lilac. «Molto divertente.»

«Lo immagino. E questa parte per lei potrebbe essere un trampolino di lancio. Comunque sia, il nostro obiettivo è rintracciarla e portarla al matrimonio, domenica mattina. Credo che dovremmo cominciare a telefonare a tutti gli alberghi e i motel della contea di Santa Barbara per vedere se per caso è lì.»

Earl guardò l'orologio. «La mia ora quotidiana di silenzio va dalle sei alle sette.»

«In tal caso, lei potrà guardare le Pagine Gialle e le guide turistiche e stendere un elenco degli hotel che noi dovremo chiamare.»

«Questo posso farlo.»

Alleluia, pensò Regan. «Avete ospiti questo fine settimana?» chiese.

«No.» Lilac sorrise. «In realtà aspettavamo tre coppie che venivano da New York per un matrimonio, ma all'ultimo momento la sposa ci ha ripensato e si è tirata indietro, così loro hanno cancellato la prenotazione. Lei e il suo amico Jack Reilly sareste stati gli unici, a parte noi.»

Oh, come vorrei che fosse qui adesso, pensò Regan. Non vedeva l'ora di parlargli. Era stato lui a scovare quel posto nella loro guida turistica alternativa. «Devo andare in macchina a prendere alcune cose», disse poi. *E a chiamare Jack.*

«Vediamoci in ufficio tra cinque minuti», propose Lilac. «Ci sono parecchie linee telefoniche.»

«Torno subito.» Regan si alzò e quasi inciampò nelle gambe tese di Earl. Questo tizio ha il potere di mandare in bestia chiunque, pensò. È per *via* di quelli come lui che altri hanno bisogno di meditare.

«Mi scusi», fece Earl tirando indietro le gambe.

«Nessun problema.» Regan aveva voglia di ridere. Improvvisamente fu contenta che per l'ora successiva avrebbe tenuto la bocca chiusa. Era un vero peccato che non potessero anche legarlo a una sedia.

Se solo Jack fosse qui! Si divertirebbe da morire.

Gli avrebbe detto che la colpa era sua per aver comperato quella guida turistica. Affrettando il passo, si diresse verso l'auto.

14

LUCRETIA rincasò eccitata come una scolaretta. «Ti proibisco di vedere il mio vestito!» esclamò rivolta a Edward. «Dev'essere una sorpresa.»

«Qualunque cosa indosserai, sarai splendida», le assicurò lui.

Lei lo aveva trovato sul retro, sdraiato sul bordo della piscina. «Voglio una bella abbronzatura», le spiegò. «Per essere uno sposo affascinante.»

«So che farai il possibile per essere al tuo meglio.» La voce di Lucretia era gentile. «E comunque, ai miei occhi sarai bellissimo.»

L'osservazione lo irritò, ma il pensiero dei milioni di dollari che lo aspettavano bastò a consolarlo.

Nel giardino adiacente, la vecchia star del cinema Charles Bennett si occupava delle sue rose. Diede un'occhiata a Lucretia, seduta vicino a quel giovane che non gli piaceva per niente. Aveva parlato con la donna un paio di volte, e lei gli aveva telefonato per invitarlo al matrimonio.

Nozze così rapide non potevano che essere sospette, pensò Charles. Lucretia era una vecchia signora deliziosa, di pochi anni maggiore di lui, e sembrava aver perso la testa per quell'imbroglione. Non andava bene, ma naturalmente la cosa non lo riguardava. Tornò a dedicarsi alle sue rose.

«Dobbiamo andare in città a farci rilasciare la licenza matrimoniale», disse Lucretia rivolta a Edward. «Prima, però, Phyllis ci preparerà qualcosa da mangiare.»

Pranzarono in cucina, seduti sugli sgabelli. I piccoli piedi di Lucretia dondolavano a mezz'aria. Pur riluttante, Phyllis aveva spento il televisore mentre serviva i sandwich.

«Non hai *neppure* un amico da invitare al matrimonio?» chiese Lucretia al suo futuro sposo.

«Credo che sarò nervosissimo, e preferirei di gran lunga organizzare una grande festa tra un mese o due, quando ci saremo sistemati», fu la risposta. «Per mostrare a tutti quanto possa essere meravigliosa la vita coniugale.»

Phyllis rischiò di soffocare mentre versava il tè freddo.

«Ho sempre amato i matrimoni in grande», stava dicendo Lucretia. «Ai miei primi tre erano invitate centinaia di persone, anche se devo ammettere che gli ultimi due sono stati piuttosto tranquilli. Devo comunicare a quelli del catering il numero definitivo. Ho esteso l'invito ad alcuni vicini.»

«Davvero?» fece Edward, improvvisamente allarmato.

«Sì, tesoro. Perché no?»

«Non li conosciamo.»

«Be', li conosceremo in quest'occasione. Sono i nostri vicini, dopo tutto. Quanto a me, vorrei gridare al mondo che ci sposiamo e invitare tutti quanti.»

Eddie avvertì le avvisaglie del peggior mal di stomaco della sua vita.

«E spero tanto che i ragazzi riescano a venire.»

«Qualcosa mi dice di sì», intervenne Phyllis con fare disinvolto.

«Davvero?» Lucretia stava sorridendo.

«Sono pronta a scommetterci.»

Edward le scoccò un'occhiata incendiaria prima di rivolgersi nuovamente alla fidanzata. «Quando sei pronta...»

Lucretia balzò in piedi. «Andiamo.»

C'era una troupe televisiva in attesa davanti agli uffici comunali di Beverly Hills.

«La signora Standish?» chiese una giornalista.

«Sono io!» replicò Lucretia, palesemente felice dell'attenzione.

«Sono di GOS. Stiamo preparando un servizio sulle coppie che si sposano nel mese di maggio. Abbiamo saputo che ha acquistato l'abito da *Saks*. Congratulazioni!»

«Grazie.» Raggiante, Lucretia guardò la telecamera.

«E anche che ha messo insieme una fortuna grazie a certi investimenti in una società punto-com. Così in questo periodo della sua vita non è soltanto ricca, ma anche innamorata.»

«Enormemente innamorata! E lui è Edward Fields, il mio fidanzato...» Lucretia si voltò.

Edward non era più al suo fianco. Stava sgattaiolando nell'atrio dell'edificio.

Con una risatina, lei tornò a rivolgersi alla reporter. «È molto timido. È il suo primo matrimonio, sa. Per me, invece, è il sesto.»

«Be', lo abbiamo filmato mentre la aiutava a scendere dalla macchina. Possiamo usare quella ripresa.»

«Fantastico!» esultò Lucretia. «Quando andrà in onda?»

«Al notiziario di stasera e probabilmente verrà ritrasmesso durante il fine settimana.»

«Le piacerebbe venire al matrimonio? Domenica a mezzogiorno, nel giardino di casa mia. Sarà una festa deliziosa.»

«Ci sarò», assicurò la giornalista prendendo nota dell'indirizzo. «Ora però devo farle alcune domande, soprattutto per sapere come ha capito che era il momento di disinvestire il suo capitale, e naturalmente quando ha scoperto di essere innamorata.»

Lucretia si dette un'aggiustatina ai capelli. «Be', vede», cominciò, «ho sempre saputo di essere destinata alla ricchezza...»

15

Il giovane assistente di produzione avrebbe voluto morire. Le conseguenze di un'intossicazione da cibo lo avevano lasciato completamente disidratato, con la sgradevole sensazione di non avere più una sola goccia di liquido in corpo. Sdraiato sul letto nella sua stanza d'albergo, si sentiva infelicissimo.

Probabilmente non c'erano più di due sandwich avariati, rifletté; perché uno doveva toccare proprio a me? Allungò la mano verso il bicchiere di ginger ale ormai tiepido e ne bevve con cautela un sorsetto. Sapeva che il suo organismo non avrebbe tollerato un'ingestione troppo frettolosa. Perfino un sorso di ginger ale poteva rivelarsi problematico.

A pochi centimetri dalla sua testa, il telefono squillò. Il suono stridulo gli rese per un istante insopportabile il mal di testa. Si affrettò a sollevare la cornetta.

«Pronto.»

«Ricky?»

«Sì.»

«Sono Norman. Hai una voce terribile.»

«Mi sento in modo terribile. Devo aver mangiato del cibo guasto.»

«Odio quando mi capitano queste cose.»

«Io pure.» Ricky chiuse gli occhi e si portò la mano alla fronte.

«Senti, volevo ringraziarti. Mi ha chiamato Whitney Weldon, domani parteciperà al mio seminario.»

«Fantastico. Mi devi cento bigliettoni. Non mi sorprende che si sia fatta viva, comunque.»

«Perché?»

«Per parecchie ragioni. Ha una storia con il regista, Frank Kipsman. Ci tiene davvero tanto a fare un buon lavoro e vuole sentirsi più sicura. Per di più, mi è capitato di sentirli parlare tra loro. I soldi stanno finendo, il che è un vero peccato. La verità è che questo film potrebbe significare molto per tutti e due. Kipsman è stressatissimo.»

«Stanno esaurendo i fondi?»

«Proprio così. Avevano appena cominciato a girare e un certo finanziamento non è arrivato. Dovranno chiudere, se non trovano al più presto il denaro. Credo che Kipsman voglia andare a Los Angeles questo fine settimana in cerca di altri fondi. Nessuno sa della sua relazione con Whitney, né quanto sia critica la situazione finanziaria.»

«Tranne te.»

«Mi conosci... sempre con le orecchie tese. Ho sentito Kipsman consigliare a Whitney di andare via per il weekend. Ecco perché ho pensato che il seminario potesse interessarle.»

All'altro capo del filo, Norman sospirò. «Dunque ha una storia con Kipsman, eh?»

«L'impressione è quella. Lei gli ha detto che vorrebbe tanto avere i soldi sufficienti a salvare il film.»

«Molto romantico.»

«Già.»

«Bene. Beviti un po' di ginger ale. E se trovi qualcun altro che questo fine settimana abbia bisogno di un'iniezione di sicurezza, mandamelo.»

«Cento bigliettoni a persona.»

«Ti spedisco l'assegno.» Norman riattaccò.

Ricky rotolò su un fianco e si mise in posizione fetale. Grazie a Dio è venerdì, pensò, e per tre giorni non sarò costretto a scendere da questo letto.

16

REGAN salì sull'auto, il suo ufficio su quattro ruote, e chiamò subito Jack. Lui aveva appena staccato dal lavoro.

«Mi manchi», le disse con voce piena d'affetto. «Sei a casa?»

Regan sorrise. «No.»

«In macchina?»

«Sì, però sono ferma.»

«Un guasto? Vorrei tanto poterti aiutare, ma purtroppo siamo a quattromilacinquecento chilometri di distanza.»

«Nessun guasto. E non ricordarmi quanto sei lontano.»

Jack rise. «Che cosa devo fare, indovinare dove ti trovi? È il gioco delle venti domande?»

Regan ridacchiò. «Non voglio tenerti sulle spine.» Si schiarì la gola e, a voce più bassa, riprese: «Sono davanti alla cantina dove avremmo dovuto fermarci ieri notte».

«Mi stai prendendo in giro? Sentivi la mia mancanza al punto da tornare lì?»

«Volevo rivivere i nostri fugaci momenti insieme.»

«Hanno intenzione di addebitarci la stanza prenotata per il week-end, e così hai deciso di occuparla comunque?»

«Niente affatto. Al contrario, mi pagano per la mia presenza.»

«Raccontami tutto, tesoro», la sollecitò lui mentre un grande sorriso si dipingeva sulla sua faccia. Quando Regan ebbe finito, Jack si limitò a ridere scuotendo la testa. «Immagino che sia tutta colpa mia; sono stato io a trovare l'*Altered States* su quella guida. Devo dire, però, che mi sorprendi. In aereo ti pensavo, sicuro che te la stessi prendendo comoda, e invece sei già al lavoro.»

«Se fossimo rimasti qui, probabilmente avremmo lavorato insieme.»

«Devo dire che è un incarico abbastanza insolito... rintracciare qualcuno perché possa assistere a un matrimonio e incassare così due milioni di dollari.»

«So che non è un caso di vita o di morte», commentò Regan, «ma naturalmente per questa gente quel denaro significa molto.»

Jack cominciava ad avvertire un certo disagio. «Non mi piace sentirti dire che non è un caso di vita o di morte. Mi fa quasi temere che, in un modo o nell'altro, possa finire per diventarlo.»

«Andrà tutto bene», lo rassicurò lei. «Fammi un favore, però, se non ti dispiace. Vedi di trovare informazioni sul conto di Lucretia Standish. Ho la sensazione che potrebbero essermi utili.»

«D'accordo», rispose Jack mentre un *bip* lo avvertiva di una chiamata in arrivo. «Ci sentiamo più tardi. Stai attenta, mi raccomando.»

Regan sorrise. Jack non poteva fare a meno di essere costantemente in ansia per lei. «Non preoccuparti, sei tu l'esperienza più eccitante della mia vita», disse.

«Facciamo in modo che resti così.»

17

LA sensazione di irrequietezza non voleva andarsene. Dopo aver camminato per ore sulla spiaggia, Whitney tornò nella sua stanza e si preparò un bagno. Versò nell'acqua calda i sali rilassanti che le aveva dato la madre, poi si raddrizzò per guardarsi allo specchio. Ho l'aria stanca, pensò. Sono preoccupata per la mia recitazione, per Frank e ho una gran paura che non riusciremo a terminare il film.

Avrebbe voluto accompagnare il regista a Los Angeles, ma era ancora troppo presto per farsi vedere insieme. Frank non voleva chiacchiere sul set, convinto che la loro non fosse una storia seria, ma un semplice flirt. Era già sotto pressione a sufficienza, e non era il caso di dargli altri problemi.

Insomma, la loro era la classica avventura nata sul lavoro che andava tenuta nascosta. Solo l'ambientazione era diversa dal solito ufficio, si disse.

Al diavolo, pensò mentre si calava nell'acqua. Sentiva che stava cominciando a rilassarsi. Dicono che sia facile che nasca un amore sul posto di lavoro. La parte più difficile è arrivare alla fase in cui si è realmente una coppia, rifletté. Se a un certo punto rompi, può diventare tutto molto sgradevole, soprattutto quando si è costretti a incontrarsi tutti i giorni.

La vasca non era grande, ma c'era spazio sufficiente per sdraiarsi. Whitney chiuse gli occhi e continuò a riflettere. *Jinxed*. Che razza di titolo per un film. C'era da sperare che non si rivelasse profetico. Ma no, Frank avrebbe trovato i soldi e le riprese sarebbero continuate.

Si crogiolò nell'acqua per un buon quarto d'ora. Eccomi nel pieno di un altro dei miei week-end via-col-vento, pensò. Eppure, questa volta qualcosa non andava per il verso giusto. La solitudine le pesava. Di colpo si mise a sedere e afferrò uno dei sottili asciugamani bianchi, rigidi come cartone. Si asciugò in fretta, poi indossò un paio di jeans e un maglione bianco. Erano quasi le sette, e aveva preso una decisione.

Lascio l'albergo e me ne torno alla cantina. Ho voglia di stare con la mamma e gli altri. Berremo insieme un bicchiere di vino, faremo due chiacchiere e mi sentirò sicuramente meglio. E domani mattina mi alzerò presto e andrò al seminario... il posto non è lontano da lì.

Mise le sue poche cose nella borsa, poi si guardò intorno per accertarsi di non avere dimenticato nulla.

L'addetto alla reception parve contrariato. «Pensavo si sarebbe fermata sino a domani», disse sbirciandola da sopra gli occhiali.

«I miei programmi sono cambiati», rispose semplicemente Whitney.

«Devo farle pagare due notti, sa. È rimasta fino a dopo mezzogiorno, e avrei potuto dare la stanza a un altro cliente.»

«Non c'è problema.»

«Per caso, è un'attrice?» Riprese l'altro scrutandola. «Mi sembra proprio di averla vista in un film.»

«Ho recitato in qualche film.» Whitney aveva fretta di andarsene.

«Lo sapevo! La sua era una parte comica... Sto cercando di ricordare il titolo.»

«Di solito lavoro in commedie brillanti», confermò lei, sforzandosi di essere il più possibile educata.

«Posso avere un autografo?» chiese l'uomo porgendole un foglio con l'intestazione dell'albergo.

«Certo. Come si chiama?»

«Herman.»

Lei scarabocchiò: «A Herman, con i migliori auguri. Whitney Weldon».

Lui guardò il foglio. «Potrebbe metterci la data?»

Mentre Whitney obbediva, l'impiegato prese la sua carta di credito e stampò la fattura. «Ora abbiamo due autografi», scherzò quando lei firmò la ricevuta. «Ma credo che la VISA ci tenga alla sua firma più di me.» Fece una risatina ansimante, che la ragazza trovò irritante. Poi, per cortesia, lei rise a sua volta e lui si sentì incoraggiato a ripetere la battuta.

«Proprio così, vogliono il suo autografo più di quanto lo voglia io», ribadì.

Ci mise un'eternità a ripiegare la fattura e infilarla in una busta. «Torni a trovarci, signorina Weldon. Presto sarà una stella e io potrò dire di averla conosciuta ai vecchi tempi.»

Whitney non ne poteva più. «Grazie», disse mentre prendeva la borsa e si affrettava verso la porta.

Sorridendo, l'addetto la seguì con gli occhi, poi improvvisamente si rese conto di non averle restituito la carta di credito. Cercò di raggiungerla, ma quando uscì nel parcheggio l'auto era scomparsa. Lei era partita, e chissà quale direzione della Pacific Coast Highway aveva imboccato.

«Tsk, tsk, tsk», borbottò ad alta voce. «È proprio un peccato.» Tornò nella hall, di nuovo silenziosa finché lo squillo del telefono non ruppe la quiete. L'uomo sollevò la cornetta.

«*Pacific Waters Motel*», cinguettò zelante.

«Uhu?» fece un momento più tardi. «Be', non ci crederà, ma è appena partita. Ha lasciato l'albergo non più di due minuti fa... Come...? No, le dico che se ne è andata. Ho cercato di fermarla. Il fatto è che ha dimenticato la carta di credito, anche se, a dire la verità, è stata colpa mia. Mi sono scordato di restituirgliela... Certo, se torna qui le riferirò di telefonare a sua madre. A proposito, è un'attrice fantastica.»

Dopo aver riagganciato, Regan riferì agli altri la notizia. Lilac e Leon gemettero, mentre Earl faceva una smorfia. Non erano ancora le sette, e parlare non gli era permesso.

«Se ne è appena andata!» proruppe Lilac. «Non riesco a crederci!»

Leon batté il pugno sul tavolo, poi lanciò un'occhiata irosa al fratello. Regan sapeva che cosa stava pensando. Se Earl avesse dato una mano con le telefonate, forse avrebbero contattato il *Pacific Waters Motel* prima che Whitney lo lasciasse.

«Non sappiamo dove sia diretta. Potrebbe addirittura decidere di fermarsi in uno degli alberghi a cui abbiamo già telefonato!» Lilac sembrava disperata. «Dovremo ricominciare da capo!»

«Non subito, però», osservò Regan. «Al momento è in macchina, e immagino abbia intenzione di percorrere una certa distanza, altrimenti non avrebbe lasciato il motel.»

«Chissà dove sta andando.» Leon aveva un'espressione disgustata.

L'orologio di Earl emise un *bip*. «Le sette», annunciò lui ad alta voce, tornando a far parte del mondo parlante. «Io dico che la troveremo. Sarà l'universo a condurla fino a noi.»

«Richiamerò l'addetto alla reception per chiedergli di avvisare chiunque sia di turno questo week-end», disse Regan sforzandosi di mostrarsi positiva. «Speriamo che Whitney si metta in contatto con l'albergo per recuperare la carta di credito, e che loro le dicano di chiamare a casa.»

Lilac annuì mentre accendeva il televisore. Era iniziato il notiziario.

«E infine», stava dicendo il conduttore, «dato che maggio è il mese delle nozze, abbiamo realizzato un servizio su un matrimonio un po' speciale. Vi presenteremo una donna che è stata una stella del cinema muto. Lucretia Standish ora sta per sposarsi per la sesta volta, e il suo fortunato marito è molto più giovane di lei.»

«Oh, mio Dio!» gridò Lilac. «È la zia!»

Un uomo molto più giovane, pensò Regan. *Quanto?*

«Se impalma un tizio più giovane», commentò astutamente Leon, «sarà lui a gestire il suo patrimonio. E possiamo dire addio a quei milioni, se domenica non riusciamo a partecipare tutti alle nozze.»

Direi che ha ragione, pensò ancora Regan.

Finalmente, Earl si decise a rendersi utile. Uscì dalla stanza e ricomparve poco dopo con una bottiglia di pinot nero e un vassoio con quattro bicchieri. Regan rimase sorpresa nel vedere l'abilità con cui sturava la bottiglia e versava il vino. Notò che sull'etichetta c'era la figura di un vecchio in piedi in una vasca da bagno piena di grappoli d'uva. Doveva trattarsi di un omaggio al nonno.

La faccia di Leon era ancora impassibile. Accettò il bicchiere di vino che gli veniva porto e lo tracannò in silenzio.

Che cosa non riesce a farci il denaro, considerò Regan. Guadagnarlo, perderlo, arrivare vicinissimi alla ricchezza. Roba da far impazzire chiunque.

«È molto probabile che Whitney si metta in contatto con il motel prima di domenica», si scoprì a dire. «Se si ferma in un altro albergo, avrà bisogno della carta di credito.»

«Ne ha parecchie», rispose Lilac con voce piatta. «E ha l'abitudine di usarle a rotazione per non esaurire il credito disponibile. Non utilizza mai la stessa carta due volte di fila.»

Proprio quello che ci voleva, pensò Regan sorseggiando il pinot «del nonno», che si rivelò sorprendentemente buono. Non vedeva l'ora che arrivasse il servizio su Lucretia.

«Dunque non avete mai conosciuto la moglie di vostro zio», disse rivolta all'affranto terzetto.

I tre assunsero un'aria colpevole.

«Avevamo molto da fare...» cominciò Lilac, proprio nel momento in cui il busto del conduttore ricompariva sullo schermo.

Insieme, guardarono la novantatreenne Lucretia illustrare allegramente i suoi progetti matrimoniali. «E lui è Edward Fields, il mio fidanzato... è molto timido...» disse la donna mentre la telecamera inquadrava di spalle un uomo che si precipitava all'interno degli uffici comunali di Beverly Hills.

«Si muove in fretta», commentò Regan.

«Direi», assentì Leon. «Qualcosa non quadra.»

«E non c'è niente che possiamo fare», interloquì Earl. «Sarebbe diverso se conoscessimo meglio Lucretia, ma così...»

Edward Fields, pensò Regan; doveva ricordarsi di chiedere a Jack di fare qualche ricerca anche su quel tizio.

Mentre fissavano la televisione, i quattro ignoravano di essere sorvegliati da un uomo grande e grosso che si chiamava Rex, alias Don Lesser.

18

REX aveva seguito Regan fino all'imbocco della strada sterrata, dove c'era un grande cartello che recitava CANTINA «ALTERED STATES», e poi un secondo: CENTRO MEDITAZIONE «DEEP BREATHS». Il nome del centro, Respiri profondi, lo incuriosiva, ma non si era azzardato ad andare oltre. Dove avrebbe potuto nascondersi? Comunque sapeva che era lì che viveva la madre di Whitney Weldon.

Aveva comperato una parrucca e si era messo delle lenti a contatto colorate. Non poteva fare nulla per mimetizzare la corporatura robusta, ma ora aveva i capelli neri e gli occhi marroni. Impossibile che qualcuno lo riconoscesse.

Proseguì per qualche decina di metri, poi effettuò un'inversione a U, accostò al ciglio e, abbassato il finestrino, spense il motore. I vigneti e le colline erano uno spettacolo stupendo. La luce del tardo pomeriggio era morbida e dorata. Rex amava quell'ora. Significava che si stava avvicinando la notte, il momento della giornata a lui più congeniale.

Prese il cellulare e digitò il numero di Eddie.

«Sono nelle vicinanze della cantina.»

«Solo un minuto.»

Rex sentì il socio allontanare la bocca dal microfono.

«Mi dispiace, Lucretia», si scusò. «Questa telefonata ha a che fare con una sorpresa per te.»

Per un certo verso aveva ragione, pensò Rex.

«Bene», annunciò dopo un po' Eddie. «Ora posso parlare.»

«Ho seguito Regan Reilly fino alla cantina dove vive la madre di Whitney.»

«Come hai fatto a trovare la Reilly così in fretta?»

«Era sul set. Ho intenzione di chiedere se hanno una camera per la notte.»

«Non sarà pericoloso?»

«Forse, ma in questo modo potrò tenere d'occhio la situazione e scoprire che cosa stanno facendo per rintracciare Whitney. Dimmi un po': come vanno le cose lì da te?»

«Lucretia è decisa ad annunciare a tutto il mondo che si risposa. Vorrei poterle dare un paio di pillole per farla dormire fino a domenica.»

«Non è una cattiva idea.»

«La cameriera, però, non la molla un istante. Ha fiutato che c'è qualcosa in ballo.»

«Capisco.» Sospirò, mentre tamburellava con le dita sul volante. «Be', farò un giro, poi andrò a registrarmi alla reception.»

«Non pensi che prima dovresti telefonare per prenotare la stanza?»

«Non voglio dare loro la possibilità di dirmi di no. Ma non voglio neppure arrivare subito dopo la Reilly. Credo che aspetterò qualche ora.»

«Tienimi informato.»

A Rex parve di cogliere una nota di sconforto nella voce del socio. «Non preoccuparti, Eddie. Domenica a quest'ora sarai il signor Standish.»

La comunicazione venne interrotta.

«Nessun senso dell'umorismo», commentò Rex ad alta voce mentre rimetteva in moto e si allontanava.

19

NORA e Luke salirono in ascensore fino alla loro suite al *Four Seasons*. Avevano solo mezz'ora per prepararsi prima di incontrare Wally e Bev a cena.

«Come me la sono cavata oggi?» domandò lei al marito che le teneva la porta aperta. Si riferiva alla battuta di due righe che recitava nel film tratto da uno dei suoi romanzi.

«Brillante come sempre», replicò il marito con aria compunta. «Lo sai che sono il tuo più grande ammiratore.»

Nora rise mentre entravano nell'elegante soggiorno. Lanciò un'occhiata alla camera adiacente. «Mi piacerebbe fare un sonnellino, ma credo sia meglio che cominci a prepararmi», disse dirigendosi verso il grande bagno rivestito di marmo.

Squillò il telefono. Fu Luke a rispondere.

«Ciao, Wally... venite a prenderci? Fantastico... alle sette e mezzo, allora.»

Riappese. «Abbiamo un po' di tempo. Wally aveva un incontro che è terminato tardi.»

«Perfetto. Mi metto la vestaglia e mi rilasso qualche minuto.»

Alle otto, le due coppie sedevano al tavolo in un tranquillo ristorante italiano di Beverly Hills.

«Qui riesco a sentire i miei pensieri», dichiarò Wally. Fece schioccare le dita e prese una fetta di pane ancora caldo.

Bev, che sorseggiava un bicchiere d'acqua, annuì.

«È un peccato che Regan non abbia potuto cenare con noi», continuò lui. «Una brava ragazza, la vostra. Davvero.»

«Sì. Be', è appena rientrata da una vacanza, e l'hanno incaricata di cercare una giovane attrice che si è allontanata dal set di un film che stanno girando dalle parti di Santa Barbara.»

«Quale film?» si affrettò a chiedere Wally.

«*Jinxed*.»

L'altro sbarrò gli occhi. «Conosco il regista, un giovane sulla trentina. È in gamba; in effetti stavo pensando a lui per uno dei miei progetti. Dovrei fargli uno squillo.» Prese il taccuino che portava sempre con sé e scarabocchiò un appunto.

20

«HO preparato qualcosa da mangiare», annunciò Lilac quando finì il notiziario. «Regan, stasera si ferma da noi, vero?»

La ragazza annuì. «Credo che sarebbe meglio, sì. Dopo cena richiameremo tutti gli alberghi e i motel.»

Leon vuotò il bicchiere. «Quante probabilità abbiamo di ritrovarla per due volte in un solo giorno?»

«Meglio accendere una candela che maledire l'oscurità», ribatté ragionevolmente Earl. «Regan, posso mostrarle subito la sua stanza? Ha del bagaglio in auto?»

«Sì.»

«Si cena fra un'ora», disse Lilac.

La camera aveva lo stesso fascino rustico delle altre sale. C'erano un cassettone e un letto in legno di pino, e un tappeto variopinto rallegrava l'ambiente. Una porta a vetri scorrevole si affacciava sul cortile posteriore, da cui si vedevano acri e acri di colline ondulate.

«È deliziosa», disse Regan mentre Earl posava la sua borsa sul letto.

«Sono tante le cose che potremmo fare per trasformare questo posto in un centro di prima categoria. È incredibile la pace che c'è qui. Sono contento di avere abbandonato la corsa al successo.»

Figuriamoci, pensò Regan. Questo tizio ha tutta l'aria di non aver mai partecipato a una corsa in vita sua. «Davvero?» chiese in tono innocente. «Di che cosa si occupava?»

«Avevo una società per l'estrazione del petrolio. Eravamo due soci. A volte andava bene, altre perdevamo denaro. Nel complesso, decisamente troppo stressante. Poi ho scoperto la vita spirituale.»

Ora le ho sentite proprio tutte, si disse Regan. Di certo non assomiglia per nulla a un imprenditore.

Rimasta sola, chiamò Jack e gli lasciò sulla segreteria un messaggio concernente Edward Fields. Poi aprì la porta e uscì. L'aria fresca sapeva di terra. Freshness, pensò Regan. Dov'era finita la ragazza?

Si lavò i denti, ritoccò il trucco e si cambiò. Non sono solo in cerca di Freshness, si disse mentre si dirigeva verso la reception. Ho anche un gran bisogno di freschezza.

Lilac l'aspettava nell'ingresso. «Venga, andiamo in sala da pranzo.» Aveva apparecchiato la tavola con gusto. La luce delle candele si rifletteva sui bicchieri di cristallo. Fiori freschi, non così alti da nascondere l'interlocutore, formavano un grazioso centrotavola e la filodiffusione trasmetteva una musica soft. Si respiravano pace e armonia. «I miei fratelli ci raggiungeranno fra un minuto», disse.

A quel punto le due donne si voltarono all'unisono nel sentire una voce sconosciuta. «C'è nessuno?»

Sulla porta era comparso un uomo con indosso un paio di jeans scuri e un giubbotto di pelle nera. I capelli corvini sembravano quasi innaturali, ma il sorriso era amichevole.

«Posso aiutarla?» chiese Lilac.

«Lo spero. Mi chiedevo se avevate una stanza libera per la notte.»

«Sì. Venga, andiamo alla reception.»

Così ora gli ospiti sono due, pensò Regan. E se ci fosse Jack, saremmo in tre. Anche se Lilac non mi è sembrata entusiasta di avere un altro cliente. Probabilmente stasera desidera concentrarsi sulla ricerca di Whitney, e non ha tutti i torti. Localizzando la figlia, guadagnerebbe ben più di quanto possa renderle una stanza occupata per una notte.

I due tornarono poco dopo. Lilac le presentò Don Lesser, e anche se non era tenuta a farlo, propose all'uomo di preparargli qualcosa da mangiare. Lui accettò, ma insistette per sedere a un tavolo da solo. «Non voglio disturbarvi. Un bicchiere di vino e quello che avete già pronto andranno bene. Ho portato un libro da leggere.»

Andò a mettersi all'altra estremità della sala, ma la quiete era tale che Regan si rese conto che non avrebbe avuto difficoltà a sentire i loro discorsi.

Leon era particolarmente cupo. «Che cosa farà se non riusciremo a rintracciare Whitney?» le chiese quando si fu seduto.

«Pensavo di tornare sul set, domani. Non riesco a credere che non ci sia nessuno al corrente dei progetti di sua nipote.»

«Mi sembra logico», concordò Earl mentre attaccava la pasta integrale al sugo di pomodoro.

Lilac aveva portato in tavola anche del pane fatto in casa, un'insalata e una salsina dall'aria invitante che, pensò Regan, sicuramente era a base di ingredienti da agricoltura biologica. Arrotolò gli spaghetti intorno alla forchetta, ma la lasciò cadere quando la donna emise uno strillo acuto.

«Che succede?» chiese, sconcertata.

«Freshness!» Lilac era balzata in piedi e si precipitava verso la figlia, ferma sulla soglia.

Sembrava che avesse visto un fantasma, rifletté Regan.

«Mamma!» Freshness/Whitney scoppiò a ridere. «È la prima volta che mi accogli con tanto entusiasmo.»

Sembrava anche uno di quei momenti in cui il concorrente di un gioco a premi si aggiudica una grossa vincita, pensò ancora Regan, osservando il comportamento di Lilac e dei suoi fratelli. Leon si alzò di colpo rovesciando la bottiglia di vino, e persino Earl pareva aver abbandonato la sua flemma abituale. Tutti e due corsero ad abbracciare la nipote.

«Che cosa succede?» chiese Whitney rivolgendo un cenno di saluto all'uomo seduto da solo che la stava osservando con una strana intensità. Ma non c'era da stupirsi, considerò Regan, era una ragazza molto attraente, e il suo arrivo aveva provocato una reazione piuttosto accesa da parte dei parenti.

«Non ci crederai!» esclamò Lilac, guidando la figlia al loro tavolo.

Dopo averle presentato Regan, la donna si lanciò nel suo racconto. Parlò in tono basso, ma la voce le scappò quando accennò ai due milioni di dollari che ciascun membro della famiglia avrebbe ricevuto se si fossero presentati al matrimonio.

«Due milioni di dollari!» proruppe Whitney. «E pensare che avevo quasi deciso di non venire. Con chi si sposa?»

«Un artista della truffa, ci scommetto», brontolò Leon. «Ma a condizione che riceviamo i nostri soldi, a me sta benissimo. Regan, dovrebbe proprio informarsi su quel tizio. Ora, però, facciamo un brindisi... alla mia splendida nipote. Grazie a Dio, sei tornata. E allo zio Haskell, naturalmente, che riposi in pace. Finalmente avremo i suoi soldi.»

Risero tutti e brindarono. Whitney, osservò Regan, era perfettamente a suo agio in compagnia della madre e degli zii. Sembrava una ragazza in gamba ed era una vera fortuna che fosse rientrata in tempo. Ora tutto si sarebbe sistemato.

«Domani mattina devo andare a un seminario», annunciò la ragazza vuotando il bicchiere.

«Cosa?» Il tono di Lilac si era fatto brusco.

«Dura un giorno soltanto, e si tiene non lontano da qui. Termina domenica mattina presto. Potremo incontrarci a casa di Lucretia a mezzogiorno.»

«Detesto l'idea di perderti nuovamente di vista», sospirò Leon, allungandole un colpetto sul braccio.

«Andrà tutto bene», lo rassicurò Whitney con un sorriso. «Non credi che quel denaro farebbe comodo anche a me? E poi, non vedo l'ora di conoscere la prozia. Mi piacerebbe sentirla parlare dei suoi gloriosi giorni di attrice.»

«Da quello che ho visto al notiziario, è ancora un personaggio», osservò Lilac.

Regan guardò l'insolito gruppetto. La rendeva felice l'idea che, con il denaro di Lucretia, avrebbero potuto portare avanti i progetti per la loro cantina/centro di meditazione/locanda. Ma il mio lavoro qui è finito, pensò. Domattina tornerò a casa.

Ovviamente, non era così che sarebbero andate le cose.

All'altro capo della sala, Rex non credeva alle sue orecchie. Avrebbero incassato due milioni di dollari a testa solo per partecipare al matrimonio! Quell'idiota di Eddie non gliene aveva fatto parola. Non che importasse, decise; quei soldi non li avrebbero visti comunque. Whitney gli stava seduta proprio di fronte, e toccava a lui fare in modo che la domenica non si avvicinasse neppure alla casa della vecchia signora. Andare lì era stato un vero colpo di fortuna. Ora non doveva far altro che tenere a bada la ragazza per le successive quarantott'ore... ossia fino a quando Edward e Lucretia non avessero pronunciato il fatidico «sì».

Nessuno si alzerà quando il pastore esorterà i presenti a parlare se hanno qualcosa da obiettare, oppure «a tacere per sempre», si ripromise Rex. A questo penserò io.

Sorseggiò il vino mentre teneva d'occhio l'animato gruppetto. Non saranno così allegri domenica, si disse, perché Whitney sparirà di nuovo. E forse sarà la volta definitiva.

21

DOPO cena il gruppetto si spostò nel salone adiacente alla reception, dove comodi divani erano disposti intorno a un enorme camino di pietra. Lilac servì frutta e caffè, e rimasero lì a chiacchierare. Regan ebbe così modo di saperne di più sulla famiglia.

Lilac e Leon erano divorziati, mentre Earl non si era mai sposato. In quegli ultimi cinque anni erano morti entrambi i loro genitori. Quanto a Whitney, era figlia unica.

«Non riesco a credere che oggi sia andata a cercarmi sul set, Regan», esclamò la ragazza.

«Eravamo decisi a trovarti, tesoro», spiegò Lilac.

Leon si batté una mano sulla fronte. «E pensare che abbiamo chiamato quel motel solo un istante dopo che te ne eri andata.»

Whitney rise. «Devo ricordarmi di recuperare la mia carta di credito.»

Don Lesser era uscito a fare due passi per prendere una boccata d'aria. Stette fuori per un'ora circa e, quando rientrò, andò direttamente in camera sua.

«Meglio che vada a letto anch'io», disse Whitney alzandosi. «Domattina devo svegliarmi all'alba.»

«Tieni acceso il cellulare durante questo fine settimana», la sollecitò Leon. «Per favore! Il tuo week-end via-col-vento stavolta ha rischiato di costarci otto milioni di dollari!»

Perfino Earl concordò ridendo sul fatto che forse era ora di porre fine a quelle sue fughe solitarie nella natura. Erano tutti rallegrati dalla prospettiva di passare in banca il lunedì mattina.

«Non preoccupatevi!» li rassicurò Whitney. «Anch'io voglio che restiamo in contatto. A proposito, mamma, mi sono appena resa conto che non ho niente da indossare per la cerimonia di domenica.»

«Vieni a dare un'occhiata nel mio armadio. Troverai di sicuro un vestito adatto.»

Regan augurò la buonanotte e si ritirò nella sua stanza. Non le era mai capitato un caso così semplice: essere ingaggiata per trovare una ragazza che si fa viva di sua spontanea volontà. Bene, pensò, mi concederò una bella dormita e domani, a casa, mi organizzerò per il week-end. Sedette sul letto e accese il cellulare. Lo aveva spento prima di andare a cena e ora il display le segnalò la presenza di un messaggio in segreteria. Era di Jack.

«Ciao, Regan. Spero che tu stia bene. Ho qualche informazione sul conto di Lucretia Standish. Come forse già saprai, ha guadagnato una fortuna con una società punto-com che successivamente è fallita. Quanto al tizio che sta per sposare, ho domandato in giro, ma per il momento non ho ricevuto risposte. Sto andando a casa a dormire. Se più tardi vuoi lasciarmi un messaggio sul cellulare, lo ascolterò domattina. Mi manchi. Buonanotte, tesoro.»

Regan sorrise. Poi compose il numero di Jack. «Il caso è risolto», disse. «Whitney è arrivata stasera qui alla cantina. Avresti dovuto vedere l'espressione di sua madre quando lei è entrata. In ogni caso, domani torno a casa. Riguardo al futuro sposo, non so niente neppure io. Penso che chiederò alla madre di Whitney di chiamare Lucretia per cercare di scoprire qualcosa. Sembrerebbe un tipo sospetto. Stasera ho visto al notiziario che non ha voluto farsi riprendere dalla telecamera. Anche tu mi manchi.»

Lasciato il messaggio, socchiuse la portafinestra per far entrare un po' d'aria. La porta a rete esterna era chiusa da un chiavistello; avrebbe potuto lasciare aperta quella a vetri per tutta la notte. Andò velocemente in bagno a spogliarsi e poi fu ben contenta di infilarsi a letto. Era stata una lunga giornata e le bastò posare la testa sul cuscino per cadere in un sonno profondo.

Durante la notte si svegliò un paio di volte. Alle quattro, le parve di sentire dei passi in corridoio, poi, alle cinque e mezzo, si destò di soprassalto. Questa volta un rumore strano proveniva dal piano di sopra, dove erano le camere dei proprietari. Attese. Tutto era quieto e silenzioso. Il vento soffiava piano attraverso la porta a rete. Dev'essere Whitney che si prepara, pensò. Ha detto che voleva partire all'alba. Si riaddormentò subito.

Sabato, 11 maggio

22

WHITNEY non aveva quasi dormito. Stava per ottenere il denaro da consegnare a Frank per terminare il film! Non riusciva a crederci. Tuttavia, non voleva chiamarlo fino a quando non avesse avuto in mano l'assegno, decise. Qualcosa poteva andare storto, e non sopportava l'idea di deluderlo.

Erano le cinque quando si alzò e, avvolta in una vestaglia, scese al pianterreno per fare la doccia. Venti minuti più tardi era vestita e pronta a mettersi in viaggio. L'abito che la madre le aveva prestato per la cerimonia era appeso nell'armadio, avvolto nel sacco di cellophane della tintoria. Lo prese, afferrò la borsa e, in punta di piedi, tornò di sotto. Avrebbe fatto colazione al bar in fondo alla strada; servivano un ottimo caffè e aprivano all'alba.

La hall era silenziosa. Dormivano ancora tutti. Whitney sorrise nel pensare a come sarebbe cambiata la loro vita. Non più preoccupazioni finanziarie. E se il film avesse avuto successo... be', non osava neppure immaginare quello che avrebbe significato per Frank e per lei. Con tutto quel denaro a disposizione, lei non avrebbe più dovuto premurarsi di alternare le carte di credito!

La sua jeep era parcheggiata sotto la grande quercia che non lasciava filtrare la luce in nessuna ora del giorno. Il cielo azzurro scuro stava appena cominciando a schiarirsi. È una bella ora per risvegliarsi, pensò quando il canto di un uccello ruppe il silenzio. C'è qualcosa di quasi soprannaturale nella quiete del primo mattino.

Si avvicinò alla macchina, aprì la portiera e lanciò la borsa sul sedile del passeggero. Poi si allungò all'interno con l'intenzione di appendere il vestito al gancio sopra il finestrino laterale sul retro.

«Uhhh», fece inspirando bruscamente. La grande trapunta che usava quando andava in spiaggia era come sempre buttata sul pavimento, ma a dispetto della luce ancora scarsa, percepì che c'era qualcosa di strano, lì sotto. Fece per spostare in avanti il sedile quando la trapunta si mosse e una mano l'afferrò.

«Ferma», ordinò una voce sommessa. «Siediti al volante e chiudi la portiera. E non cercare di fare scherzi. Sono armato.»

Whitney avvertì un capogiro. Lacrime improvvise le salirono agli occhi. La sua famiglia dormiva tranquilla, ignara di quello che stava succedendo. E quando lo avesse scoperto, sarebbe stato troppo tardi.

«Muoviti», disse la voce, mentre la mano la strattonava con forza.

Mantieni la calma, si impose lei. Con le dita della sinistra stringeva ancora la gruccia a cui era appeso il vestito. Chiunque fosse l'uomo nascosto sotto la coperta, di sicuro non poteva vederlo, pensò. Scivolò al posto di guida e lasciò cadere l'abito a terra fuori dell'auto, poi chiuse la portiera e mise in moto. Sentiva la trapunta sfiorarle il collo e la spalla.

«Esci lentamente dalla proprietà, poi prendi la strada sterrata che porta a quel fienile. Sai quale intendo, vero?»

«Sì», rispose Whitney con tutta la calma che poté. Era il fienile abbandonato dove venivano conservati vecchi macchinari arrugginiti. Una volta incassati i due milioni, aveva detto Leon, lo avrebbe fatto ripulire e ristrutturare. Ne avevano parlato proprio la sera prima.

«Bene, perché è lì che siamo diretti.»

Mi ucciderà? si chiese Whitney. È davvero armato? Il cervello le diceva di obbedire, mentre il cuore le martellava selvaggiamente in petto. Ma chi era? E che cosa voleva da lei? Presto lo saprò, si disse mordendosi il labbro inferiore mentre oltrepassava il cartello dell'*Altered States*, che solo la sera prima le aveva dato la confortante sensazione di essere tornata a casa.

23

ALLE otto e un quarto Regan raggiunse Lilac e Earl per la colazione. Sedettero allo stesso tavolo che avevano occupato la sera prima.

«Immagino che Whitney sia già partita», disse l'investigatrice mentre Lilac le versava una tazza di caffè.

«In camera sua non c'è. Sono sicura che a quest'ora è già al seminario.»

Entrò Leon con in mano un abito chiuso nel cellophane. «L'ho trovato per terra qua fuori», disse.

Lilac lo fissò. «È il vestito che ho prestato a Whitney per il matrimonio. Dov'era?»

«Vicino a dove lei aveva parcheggiato la macchina.»

Regan fu assalita dall'inquietudine. La ragazza non doveva essersi portata dietro molto bagaglio, rifletté; come aveva potuto non accorgersi di aver lasciato il vestito per terra?

«La nostra Whitney.» Earl aveva sbucciato una banana e ora la stava affettando sopra la sua ciotola di cereali.

Non sembrano preoccupati, pensò Regan.

«La chiamo per farle sapere che l'abbiamo noi», si accontentò di dire Lilac.

Leon aveva l'aria stanca. Si lasciò cadere sulla sedia accanto a Regan e si stropicciò gli occhi. «Ci sono dei focolai di incendio che il vento spinge da questa parte», annunciò.

«Stai scherzando!» proruppe la sorella. «Da quando?»

«L'ho appena sentito dire al notiziario. Dei ragazzi ieri sera si sono messi a fumare sul retro di una scuola e un mozzicone ha appiccato l'incendio. Hanno lavorato tutta la notte per circoscriverlo, ma il vento continua a cambiare direzione e le fiamme si stanno propagando.»

Regan sapeva quanto potessero essere pericolosi gli incendi. Un giorno sei proprietario di ettari di vigneti, pensò, e l'indomani hai intorno a te solo rovine carbonizzate. Dubitava che Leon sarebbe andato alla cerimonia se la sua terra fosse stata in pericolo.

Guardò il vestito che l'uomo aveva appoggiato sullo schienale di una sedia, e ancora una volta provò un senso di disagio. Qualcosa non quadra, pensò. Non credo sia il caso che io me ne vada.

«Earl, le dispiace se stamattina vengo al suo corso di meditazione?» disse.

«Alle dieci nell'edificio qui accanto. Indossi qualcosa di comodo.»

«Si fermi qui e si rilassi, Regan», la esortò Lilac sorridendo. «È una bella giornata, e non deve rientrare per forza oggi, vero?»

«No», rispose con sincerità lei. Non voleva parlare dei suoi timori, ma neppure andarsene prima di essersi assicurata che Whitney stesse bene. «Pensa di chiamare Lucretia?» chiese. «Forse riusciremo a sapere qualcosa di più sul conto del suo fidanzato.»

L'altra assentì. «Buona idea. Ma è ancora troppo presto. Chiamo Freshness, intanto.»

«Se è già al seminario, non risponderà», le fece notare Earl. «Conosco quegli incontri. I cellulari sono proibiti.»

«Vuol dire che le lascerò un messaggio.»

«Lilac», disse Regan, «mi piacerebbe essere presente quando parlerà con Lucretia. Possiamo chiamare dal suo ufficio?»

«Naturalmente.»

Regan spalmò la marmellata di lamponi su un muffin ai cereali e lo addentò. Era squisito. Come locanda, quel posto funzionava decisamente bene, pensò. L'edificio aveva fascino, e le camere e la cucina erano più che soddisfacenti. La cantina, poi, faceva progressi e si era già aggiudicata due riconoscimenti per il pinot nero. La sala di degustazione avrebbe certamente attirato molta gente negli anni a venire, e quanto a Earl e al suo centro di meditazione... chissà.

Lilac, Earl e Leon stavano facendo ciò che più amavano, si disse, e con il tempo contavano di comperare altra terra e ampliare la proprietà. Una bella impresa, se ci fossero riusciti.

Finita la colazione, tornò in camera. Che meraviglia sarebbe se Jack fosse qui con me, pensò ancora mentre componeva il suo numero. Quando lui rispose, lo mise al corrente degli ultimi avvenimenti.

«Questa storia non piace neanche a me», commentò Jack. «Mi chiedo quante persone siano al corrente del denaro che la famiglia si prepara a ricevere.»

«Sostengono di non averne parlato con nessuno.»

«Lucretia Standish compare in tutti i notiziari.»

«Sul serio?» Regan era sorpresa. Le stanze della locanda non avevano televisore, e l'unico apparecchio era quello dell'ufficio.

«Il servizio sul suo matrimonio e su come si è recentemente arricchita investendo in una società punto-com sembra abbia suscitato nel pubblico grande interesse. La vita comincia a novantatré anni, capisci. Continuano a mandare in onda l'intervista.»

«Oh, mio Dio.»

«È evidente che quella donna ama i riflettori, anche se non si può dire altrettanto del suo promesso sposo. Ho intenzione di mandare un paio di ragazzi nell'ufficio di Los Angeles per vedere che cosa possiamo scoprire sul suo conto.»

«Grazie, Jack.»

«Ti terrò informata», promise lui.

Regan aveva appena interrotto la comunicazione, quando il cellulare squillò.

«Ciao, tesoro.»

«Ciao, mamma. Come stai?»

«Be', tuo padre e io siamo liberi fino a domani pomeriggio e ci piacerebbe vederti.»

Che diavolo, perché no? si disse Regan colpita da un pensiero improvviso. Un paio di altri ospiti avrebbero giovato agli affari. «Che ne direste di passare la notte in una locanda con cantina?» propose. «Qui è molto bello, e ci sono camere libere.» Spiegò a Nora quello che stava succedendo. «Non vi ci vorranno più di un paio di ore per raggiungermi», concluse.

«Mi sembra un'ottima idea», rispose l'altra dopo essersi brevemente consultata con il marito. «Saremo lì per pranzo.»

24

Inizialmente Lucretia fu contentissima dell'attenzione che i notiziari le stavano dedicando. Il venerdì sera il telefono cominciò a squillare ininterrottamente: la chiamavano persone che non pensava fossero ancora vive, e altre che candidamente ammettevano di aver creduto che lei non ci fosse più. E poi i vecchi compagni di infanzia. Gli amici dei suoi ex mariti. Gente conosciuta in crociera. Tutti vennero invitati alle nozze, e molti di quelli che non abitavano troppo lontano accettarono.

Finché, in piena notte, ebbero inizio le telefonate di minaccia.

«Tu mi hai rubato quei soldi!» gridò una voce alle quattro del mattino. «Te la farò pagare.»

«Il tuo fidanzato è un imbecille», sibilò un'altra. «Non sposarlo.»

Ancor peggio, qualcuno chiamò per dire che aveva visto i suoi vecchi film e che lei era una pessima attrice. Fu questo a infastidirla più di tutto. Non chiuse quasi occhio e alle sei, quando aprì la porta di casa per ritirare il giornale, trovò dei pomodori spiaccicati sui suoi bei gradini d'ingresso.

«È il riso che si lancia ai matrimoni», borbottò tra i denti. «Non gli ortaggi.» Pensò di avvertire Edward, ma sapeva che per lui il riposo era sacro. Dio, se era noioso a volte. Di sicuro non lo sposerei se avessi cinquant'anni di meno, si disse. Una considerazione che la fece sentire vagamente in colpa.

Si chinò a raccogliere il giornale, miracolosamente intatto dopo il lancio dei pomodori, e rientrò. Di nuovo in camera, riuscì finalmente ad appisolarsi e fu il rumore dell'auto di Phyllis che entrava nel vialetto a svegliarla.

La cameriera raggiunse i gradini e si accigliò come solo lei sapeva fare. «Che diavolo è questa roba?» disse mentre infilava la chiave nella porta.

In cucina, mise la caffettiera sul fuoco e attese il ronzio del campanello. La sua datrice di lavoro non la deluse, e lei riempì una tazza di caffè e la portò in camera.

«Il mio ultimo giorno da single», proclamò Lucretia nel vederla entrare.

Fammi respirare, pensò Phyllis.

«E questo sarà il mio ultimo matrimonio!»

«Non si può mai sapere», obiettò l'altra posandole davanti il vassoio.

«Siediti, Phyllis. Ho passato una nottata tremenda.»

«Ho visto i pomodori.»

«Chi può aver fatto una cosa simile?»

«Non ne ho idea.»

«Sono solo una vecchia signora che vuole un po' di felicità.»

«È una vecchia signora *ricca* che vuole un po' di felicità», la corresse Phyllis. «E questo fa una bella differenza per certa gente, soprattutto per chi ha perso denaro in Borsa o con le società punto-com. Forse quel servizio ha risvegliato in loro amarezza e risentimento, oppure rabbia e invidia.»

Lucretia ci pensò su mentre sorbiva il caffè. «Forse sono gelosi perché sto per sposare Edward.»

La cameriera si limitò a una stretta di spalle.

«È tutto pronto per domani?» domandò Lucretia.

«Sì. Deve solo comunicare il numero definitivo degli ospiti al servizio di catering, quando avrà finito di invitare mezzo mondo.»

«Ma, cara, buona parte del divertimento sta proprio in questo.»

Il telefono posato sul comodino squillò. Le due donne si scambiarono una rapida occhiata, poi Phyllis sollevò la cornetta. «Casa Standish», disse. Attese qualche istante, poi urlò: «Lei è un maleducato!»

«Chi era?» volle sapere Lucretia.

«Qualcuno che aveva sbagliato numero.»

«No, non è vero! Questi dovrebbero essere momenti felici per me, invece vorrei andarmene da qui. Non posso più sentire lo squillo del telefono.»

Che, come a comando, cominciò a squillare.

Fu di nuovo la governante a rispondere. «Casa Standish... Oh, la nipote di Lucretia», balbettò quasi. «Certo, gliela passo...»

«Lilac!» strillò l'anziana signora nel microfono. Un naufrago a cui avessero gettato un salvagente non avrebbe potuto mostrarsi più entusiasta. «Spero che domani ci sarai.»

Io ne sono sicura, pensò Phyllis con un sorrisetto.

«Meraviglioso. Non vedo l'ora di conoscervi. Avete visto il servizio in TV... Be', immagino che abbia turbato qualcuno.» Con toni drammatici, Lucretia parlò delle sgradevoli telefonate e del lancio di pomodori. «C'è sugo dappertutto», si lamentò. «Sul serio, sono spaventata. Tremo come una foglia.»

Dio, quanto le piace suscitare simpatia, pensò Phyllis. Ma la frase successiva di Lucretia minacciò di farla sprofondare nel panico.

«Venire da voi oggi?» Un sorriso si andava formando sulle labbra della vecchia signora. «Meditazione... una buona cena... la famiglia... rientrare domattina... mi sembra la soluzione perfetta. Qui è già tutto pronto e ho l'intera giornata per innervosirmi.»

«Non pensa che invece dovrebbe risposare?» la interruppe Phyllis.

L'altra la zittì con un gesto. «No!» sibilò. «Non stavo parlando con te, Lilac, tesoro. Chiamo subito Edward per informarlo... Certo che sarà felice di venire! Sono anni che non visito una cantina. Sarà favoloso. La campagna mi fa sempre sentire meglio.» Scrisse le indicazioni e salutò la nipote; si sarebbero incontrate nel pomeriggio.

Sarà meglio che quella gente non faccia il doppio gioco con me, si disse Phyllis mentre si sforzava freneticamente di escogitare qualcosa. «Posso venire anch'io?» proruppe in ultimo.

Lucretia la guardò come se fosse improvvisamente impazzita. «Da quando in qua ti piace viaggiare in mia compagnia? Inoltre, per me questa sarà una specie di luna di miele anticipata. E ci vuole qualcuno che stia qui ad aprire la porta. Oggi devono venire il servizio di catering e il fiorista.»

Phyllis non poteva darle torto, ma il pensiero che la sua confidenza fatta a Lilac venisse alla luce la terrorizzava. Di colpo, la situazione le stava sfuggendo di mano.

«Devo chiamare Edward», strillò Lucretia. «Tira fuori subito la borsa da viaggio piccola.»

25

REX era di nuovo a letto nella sua camera. Quasi non riusciva a credere di avercela fatta. Whitney era chiusa nel fienile, dove nessuno sarebbe andato a cercarla... almeno per un bel pezzo. Sarebbe rimasta lì, al sicuro, fino a cerimonia conclusa. Era riuscito a rientrare nella locanda inosservato, e da quel momento erano ormai passate due ore.

Si alzò e prese il telefono, ma attese di essere in bagno e aver aperto l'acqua prima di comporre il numero di Eddie.

«Sono io», disse.

«Che succede, amico?»

«Ce l'ho. È in un vecchio fienile, legata e imbavagliata.»

«Stai scherzando?» La voce di Edward salì di tono. «Sta bene?»

«Quanto basta. Sto cercando di decidere che cosa fare, ora.»

«Che cosa vuoi dire?»

«Devo restare o andarmene?»

«Resta. Assicurati che Whitney rimanga dov'è. E Regan Reilly?»

«Immagino che sia ancora qui. Io sono in camera mia.»

«Bene. Tieni d'occhio la situazione.»

«D'accordo. Lì come va?»

«È un incubo. Hanno trasmesso un servizio su di noi al notiziario, ieri sera. Lucretia sta annunciando il nostro matrimonio a tutto il mondo e io sono a pezzi.»

«Al notiziario, hai detto? Com'è possibile?»

«È andata a comperare l'abito di nozze da *Saks* e ha cominciato a chiacchierare con le commesse. Da cosa nasce cosa.»

«Nessuno ha mai detto che sarebbe stato facile sposare una multimilionaria. A proposito, sapevi che Whitney e i suoi riceveranno un paio di milioni a testa se solo presenzieranno alla cerimonia?»

«Cosa? Come fanno a saperlo? Lucretia me ne ha parlato, ma avrebbe dovuto essere una sorpresa.» Eddie si interruppe. «E, comunque, li avranno che vengano o meno al matrimonio. Perché dovrebbero credere che è necessaria la loro presenza? Mi chiedo se non c'entri qualcosa quella ficcanaso della cameriera. Ora capisco perché hanno ingaggiato un investigatore privato per trovare Whitney! Pensavano così di assicurarsi i soldi. Che avidità!»

«Be', amico mio, è quello che pensano di te. Sospettano che tu sia un artista della truffa, e hanno ragione.»

Eddie udì un avviso di chiamata. «Aspetta un momento», disse.

Rex attese, seduto sul bordo della vasca da bagno. Passarono un paio di minuti. Si alzò e andò a mettersi davanti allo specchio. Detesto questa maledetta parrucca, si disse. Stava pensando che forse avrebbe dovuto rivolgersi a un chirurgo plastico per eliminare le borse sotto gli occhi, quando Eddie tornò in linea.

«Oh, mio Dio!» gridò.

«Che succede?» chiese Rex. Non lo aveva mai sentito così agitato.

«Lucretia ha avuto una brutta nottata. Poi le ha telefonato la madre di Whitney. Ci hanno invitati da loro, per una tranquilla cenetta in famiglia. Passeremo lì la notte e domattina torneremo tutti qui per la cerimonia.»

Rex fischiò piano. «Oh, cavoli. Non hai modo di tirartene fuori?»

«No. Lucretia mi ha parlato con un tono che non aveva mai usato prima. È decisissima.»

«Be', socio, immagino allora che ci vedremo più tardi. Ricordati che non ci conosciamo.» Rex interruppe la comunicazione. Forse non dovrei restare, rifletté. Le cose stavano prendendo una piega imprevista. Fintanto che Whitney fosse rimasta segregata, lui non avrebbe avuto nulla da fare. Chiamò un altro dei suoi compari a New York per informarsi sull'andamento di un altro «progetto». Le notizie non erano confortanti.

«Jimmy ha cercato di vendere l'opera a un agente in borghese ed è stato arrestato. Ora lo stanno interrogando i federali.»

Oh, grande, pensò Rex. Credo che, dopo tutto, non andrò da nessuna parte. È tempo di starsene qui tranquilli. Tempo di tenere la testa bassa. Forse andrò al corso di meditazione.

26

FRANK Kipsman si svegliò con il mal di testa. Aveva i nervi tesi. La sera prima il tragitto fino al *Beverly Hills Hotel* in compagnia di Heidi Durst, sceneggiatrice e produttrice esecutiva di *Jinxed*, era stato a dir poco stressante. Non contenta di creare tensione sul set, lei aveva continuato a cianciare per l'intero viaggio, insistendo sul fatto che il film doveva funzionare a tutti i costi e su come avrebbero dovuto fare questo e quello. Sapevano entrambi che l'emergenza finanziaria era colpa sua, ma Frank l'aveva lasciata sfogare. I finanziatori si erano tirati indietro proprio perché era difficile trattare con Heidi.

Dio, come gli mancava Whitney. La dolce, sognante Whitney. Era stata una fortuna che si fosse presentata al provino. Era perfetta per la parte, una versione giovanile di Goldie Hawn. Interpretava la dirigente di una società punto-com con grande *aplomb*. Questo film potrebbe fare miracoli per la sua carriera, pensò. E per la mia.

Frank accese la luce sul comodino e azionò il cercapersone che Whitney gli aveva dato. Sapeva che a lei non andava di controllare continuamente eventuali chiamate sul cellulare. Con il cercapersone era più facile restare in contatto, perché era riservato a loro due. Nessun altro aveva il numero. Avevano riso insieme del romanticismo di quel piccolo stratagemma. Tutto quello che lei doveva fare era verificare che fosse proprio Frank a chiamare, e ritelefonargli subito. Ora lui compose il numero, accese il cellulare e attese.

Rimase sdraiato sul letto una decina di minuti, poi guardò l'ora. Le otto e un quarto. Aveva detto a Whitney che l'avrebbe chiamata sul presto. Dove poteva essere? si chiese. Cominciava a sentirsi inquieto.

Ventottenne dall'aspetto fanciullesco, Frank si era già fatto la fama di regista emergente a Hollywood. Aveva girato un paio di incisivi film a basso costo e *Jinxed* era la sua prima chance nella commedia brillante. Da ragazzino, *Three Stooges* era stato il suo programma preferito, quello che lo aveva indotto a cimentarsi nello *show business*. Era convinto che *Jinxed* potesse diventare un grande successo, e questo era il motivo per cui tollerava Heidi Durst. Lei era esigente ed egocentrica, ma anche una produttrice esecutiva di talento. E sapeva essere divertente, seppur quasi sempre con cattiveria.

A metterlo a disagio era la sensazione che Heidi avesse una cotta per lui. In tal caso, si trattava dell'amore meno corrisposto che Shakespeare avrebbe potuto immaginare. Lei aveva solo trentun anni, ma era intrattabile come un avaro costretto a privarsi di qualche spicciolo. Amareggiata perché il marito le aveva preferito una donna più amabile, aveva riposto in quel film tutte le sue speranze di riscatto.

Frank si alzò e andò ad aprire le tende. Si preannunciava un'altra giornata di sole a Los Angeles. Aveva appuntamento con Heidi nella Polo Lounge alle nove meno un quarto. Non vedo l'ora di ascoltare il suo nuovo piano, pensò mentre passava in bagno. Siamo venuti qui per tirar su milioni di dollari senza un progetto preciso, e siamo scesi in un albergo di lusso per impressionare i potenziali finanziatori.

Un quarto d'ora dopo, con indosso pantaloni di cotone, un blazer azzurro e le scarpe da ginnastica che erano il suo marchio di fabbrica, raggiunse la sala ristorante. Heidi stava prendendo appunti su un taccuino a fogli gialli, e intanto abbaiava ordini al cameriere. Ecco che ci siamo, pensò Frank. Non che quella donna non fosse attraente; era il suo atteggiamento a spingere la gente a correre a nascondersi quando lei era nei paraggi. Ricciuti capelli castani che sembravano tagliati da un barbiere dell'esercito, intensi occhi azzurri, e una mascella decisa e volitiva. Con indosso un tailleur kaki, sembrava pronta per andare in battaglia. E immagino che sia proprio così, pensò ancora lui mentre le sorrideva e prendeva posto di fronte a lei.

«'Giorno, Kipsman», fu il brusco saluto di Heidi.

«Buongiorno.» Frank spiegò il tovagliolo e se lo posò sulle ginocchia. Sarebbe stata una lunga giornata. Tutto quello che lui voleva era girare film.

La donna abbassò gli occhi sul taccuino. «Stamattina ha chiamato la mia assistente. Molti di quelli che abbiamo contattato hanno accettato di incontrarci oggi, ma io ho un'altra idea.»

«Di che si tratta?» domandò Frank mentre accettava grato la tazza di caffè che il cameriere gli stava servendo.

«Stanotte non riuscivo a dormire, e mi sono messa a guardare GOS. Continuavano a mandare in onda un breve servizio su una donna che si sposa questo fine settimana. Ha guadagnato un sacco di milioni con una di quelle società punto-com che poi sono colate a picco.»

Frank annuì.
«Ha novantatré anni.»
Frank annuì di nuovo.
«E sposa un uomo molto molto più giovane.»
«Uh-huh.»
«Un tempo lei era una star del cinema muto.»
«Sul serio?»
«Sul serio, sì», gli fece eco Heidi, che sembrava già irritata. «Ha avuto molto successo per cinque minuti... più o meno settantacinque anni fa.»
Frank non aveva visto molti film muti. Era stato troppo occupato a guardare *Three Stooges*.
«Vive a Beverly Hills e il suo numero è in elenco. Sto pensando di chiamarla per offrirle una parte nel film.»
«Una parte nel film?» Il giovane regista rischiò di soffocare.
«Sì! Pensaci. Può interpretare se stessa... un'investitrice che, invece di perdere tutto con una società punto-com, ha guadagnato una fortuna. Potremmo inserire una breve scena imperniata su di lei. Sarà divertente e per di più ci farà pubblicità.»
«Immagino che le chiederemo del denaro», commentò Frank.
«Tu che dici?» scattò l'altra. «La chiamo stamattina. Le farò sapere che abbiamo un regalo di nozze che ci piacerebbe consegnarle, dato che siamo in città...»
«Hai un regalo?»
«Certo che no. Andremo a comperarlo se accetterà di riceverci.»
Frank sorseggiò il caffè, pensieroso. Perché, oh, perché mai Whitney non aveva richiamato?

27

Frank e Heidi ebbero un incontro frustrante con un potenziale investitore, il quale sostenne che il loro film non avrebbe mai funzionato. Frank pensò che l'uomo avesse soltanto voglia di parlare delle brutte produzioni che aveva finanziato anni prima. Seduti nel suo studio, lo ascoltavano sproloquiare su questo o quell'attore. Cominciava ogni frase con: «Ai miei tempi...»

Quando divenne chiaro che il libretto degli assegni posato sul tavolo non sarebbe stato aperto per *Jinxed* neppure di lì a un secolo, i due se la squagliarono il più rapidamente possibile. Erano scoraggiati, ma non ancora sconfitti.

«Tra mezz'ora abbiamo appuntamento con il prossimo sacco di soldi; vediamo se nel frattempo riesco a rintracciare Lucretia Standish», disse Heidi componendo il numero. Si schiarì la gola mentre aspettava che rispondessero. Frank conosceva quella sua espressione: era come una tigre, pronta a balzare sulla preda ignara.

«Posso parlare con la signora Lucretia Standish?» la sentì dire nel più affabile dei toni.

Frank si appoggiò alla spalliera della sedia e incrociò le

braccia. Ancora non si capacitava che Whitney non lo avesse richiamato, ma naturalmente non poteva parlarne con Heidi. Lei avrebbe dato fuori di matto se avesse scoperto che c'era qualcosa fra loro. Aveva già fatto un paio di osservazioni acide sulla giovane attrice. Sapeva che era dotata, e non aveva alcun motivo per lamentarsi della sua recitazione. Era semplicemente gelosa perché Whitney godeva della simpatia generale.

Sii uomo, si impose. Immagino che prima o poi tutti debbano baciare il didietro di qualcuno, in qualunque punto della catena alimentare si trovino.

«Sono Heidi Durst, dirigente della casa di produzione Gold Rush... No, non conosco la signora Standish... Be', credo di avere una buona notizia per lei. Conosciamo le sue doti di attrice, e volevamo offrirle una parte nel film che stiamo girando attualmente... Sì, ora... Resto in linea, certo.» Heidi lanciò a Frank un'occhiata trionfante. «La cameriera le è corsa dietro. Pare che lei sia già salita in macchina. Quello che fa la gente quando chiama Hollywood. È patetico.»

Il suo tono di superiorità non durò a lungo.

«Signora Standish, saaalve», tubò. «Sì, proprio così. Ci piacerebbe moltissimo lavorare con lei e pensavamo di fare un salto lì oggi. Ah, non va bene...?»

Frank non era minimamente sorpreso.

«Oh, capisco... sta andando in campagna nella cantina dei suoi nipoti... Domani si sposa e starà via per un paio di settimane... Be', le riprese dureranno ancora un mese, quindi di tempo ce n'è. Se ha un minuto, siamo già dalle sue parti.»

Frank pensò che la voce dall'altra parte del filo ricordava quella del cugino Itt ne *La famiglia Addams*, un altro dei suoi programmi favoriti, anche se era stato prodotto molto prima che lui nascesse. Era grato a Dio per la TV via cavo.

«Potremmo bere lì un bicchiere con lei più tardi... Mi sembra magnifico, ci mettiamo subito in marcia.» Heidi prese nota delle indicazioni. «Ha detto la cantina *Altered States...*»

A Frank sfuggì un'esclamazione che gli guadagnò un'occhiata incuriosita da parte della sua accompagnatrice. Le sorrise come a dire che andava tutto bene... Tutto, tranne il fatto che quel posto apparteneva alla famiglia di Whitney.

Si domandava se fossero al corrente della sua relazione con lei.

28

NORMAN Broda si aspettava una maggior affluenza al suo seminario di recitazione. C'erano undici partecipanti, che avrebbero trascorso la giornata imparando a esprimere la loro creatività, eliminare i blocchi, aprire la voce e liberare l'io. «Dissotterrate la vena d'oro che è in voi», era il suo grido di battaglia.

Comunque, un giorno e una notte di lavoro con una dozzina di studenti significavano sei bigliettoni. Non male, se lo si faceva un paio di volte al mese.

Norman era molto deluso che Whitney Weldon non fosse ancora arrivata. Dove poteva essere finita? Aveva già fatto pervenire i cinquecento dollari, e questo era successo solo il giorno prima. Era insolito che una persona che si iscriveva all'ultimo momento poi non si presentasse.

Lui aveva sperato di usare il nome della Weldon per attirare in futuro altri partecipanti. Veniva considerato un mago quando si trattava di aiutare gli attori a lasciarsi andare. Aveva insegnato a Hollywood fino a tre anni prima, poi si era ritirato fra le colline a scrivere sceneggiature, su due delle quali c'era un diritto di opzione. Di tanto in tanto dirigeva ancora qualche film per la televisione, e tutto sommato la sua si poteva definire una buona vita. Aveva cinquantadue anni e la sua ragazza, Dew, di venticinque, lavorava presso la stazione radiofonica locale.

Norman pensò che forse doveva chiamare Whitney. Di solito non lo faceva; se qualcuno per qualche ragione cambiava idea, be', erano fatti suoi. Ma il giorno prima lei gli era parsa entusiasta alla prospettiva del seminario.

No, decise infine. Aspetterò sino all'ora di pranzo. Se per allora non sarà arrivata, le telefonerò. E se non riuscirò a rintracciarla, chiamerò Ricky. Magari la Weldon potrà partecipare al prossimo seminario che terrò fra due settimane. Gli sarebbe piaciuto farle leggere l'unico copione cinematografico che avesse scritto. Lei sarebbe stata perfetta nella parte della protagonista.

«Bene, tutti quanti», disse agli studenti. «Voglio che ciascuno di voi porti una sedia sul palcoscenico. Cominceremo con qualche esercizio per la memoria.»

Mentre guidava il gruppo nelle tecniche di rilassamento preliminari, si accorse di non riuscire a smettere di pensare a Whitney Weldon.

Dov'era?

29

WHITNEY era prigioniera a bordo della sua auto. Aveva le mani e i piedi legati, una benda sugli occhi ed era imbavagliata. La macchina era nascosta in fondo al fienile, dove nessuno l'avrebbe trovata fino a che non avessero deciso di dare una bella ripulita al locale. Era pieno di cianfrusaglie: vecchi trattori, botti, mobili ormai a pezzi. Ricordava di aver sentito il suo rapitore gettare degli oggetti sopra la jeep. Evidentemente conosceva già il posto.

Non appena si erano fermati, lui le aveva buttato addosso la trapunta. Lei aveva avuto solo un istante per lanciare un'occhiata nello specchietto retrovisore: l'uomo portava un passamontagna. L'aveva spinta brutalmente nel vano portabagagli e poi l'aveva legata.

Quando si accorgeranno della mia scomparsa? si chiese ora lei. I suoi l'avevano praticamente supplicata di portarsi dietro il cellulare, in modo da poter restare in contatto. Non potevano permettersi di non assistere al matrimonio al completo. Era troppo importante per tutti loro.

Whitney aveva le mani legate dietro la schiena e, se tentava di urlare, il bavaglio le schiacciava la bocca. Rischiava di finire soffocata. La benda che le copriva gli occhi era così stretta che la testa le pulsava dolorosamente. In che cosa posso sperare? si chiese ancora. Qualcuno mi troverà? O verrò lasciata qui a morire?

Forse, soltanto forse, noteranno la mia assenza al seminario. E forse chiameranno per sapere dove sono finita.

Era la sua unica speranza.

30

DOPO aver parlato con i genitori, Regan si rese conto di essere ancora inquieta per Whitney. Com'era possibile che non si fosse accorta di aver lasciato il vestito per terra, anche se aveva fretta ed era molto presto? Ma che cosa poteva essere accaduto?

Lasciò la sua camera e percorse il corridoio che portava al salone d'ingresso. La stanza era silenziosa e, quando guardò fuori della finestra, vide tre donne scendere dalle macchine. Il loro abbigliamento indicava che erano lì per partecipare al corso di meditazione di Earl. Era una bella mattina di maggio. Il sole splendeva, sembrava un giorno pieno di promesse.

In ufficio, trovò Lilac che chiacchierava con una donna sulla quarantina, vestita con un paio di jeans e una felpa a fiori.

«Salve, Regan, le presento Bella. È una nostra collaboratrice.»

«Già, e mi piace da morire qui», rise Bella, stringendo vigorosamente la mano dell'investigatrice. Di corporatura robusta, aveva un viso tondo, da bambola, e le labbra drammaticamente dipinte di rosso che ricordavano un papillon scarlatto. Capelli castani ricciuti incorniciavano la faccia segnata dalle rughe.

Regan ritrasse la mano, resistendo all'impulso di massaggiarsela. «Lieta di conoscerla, Bella.»

L'altra riportò l'attenzione su Lilac. «Vado ad aprire il negozio. Restiamo aperti tutto il giorno anche per la degustazione?»

«Sì», rispose Lilac. «Ti raggiungo là appena posso.»

Quando Bella si fu allontanata, disse: «Regan, lei non ha ancora fatto il giro. La sala di degustazione e il negozio di oggettistica sono in un piccolo annesso adiacente al centro di meditazione.»

«Mi piacerebbe vedere tutto. Da quanto tempo Bella lavora per voi?»

«Ha cominciato questa settimana.»

«Davvero?» Regan era stupita.

«Un giorno è arrivata, è scesa dalla macchina e ha cominciato a parlare senza più smettere. Lei e il marito si erano trasferiti qui dallo stato di Washington da circa un mese. Lui aveva trovato lavoro in zona. E pare che, quando questo posto andò in rovina a causa del Proibizionismo, il proprietario fosse proprio il nonno di Bella. Così lei voleva visitarlo. Ci siamo messe a chiacchierare e ho finito con l'assumerla.»

«Fantastico. E il marito che cosa fa?»

«Lavora in un pub del centro.»

Regan la fissò. «Così hanno il vino e la birra assicurati», scherzò.

«Immagino di sì», rise Lilac. «Ho chiamato Lucretia.»

«Di già?»

«Sì. Subito dopo aver lasciato un messaggio sul cellulare di Whitney.»

Grazie tante, pensò Regan. Anche Lilac era un po' sventata. Era ovvio che si era dimenticata della promessa di farle ascoltare la conversazione con l'anziana attrice.

«Arriva oggi con il suo fidanzato.»

«Sta scherzando!» Regan non poté fare a meno di chiedersi quali altre sorprese Lilac avesse in serbo per lei. La ascoltò mentre raccontava della brutta nottata trascorsa da Lucretia.

«Be', sarà interessante», commentò alla fine. «Ho appena parlato con i miei genitori; anche loro vorrebbero passare la notte qui.»

«Magnifico! Saremo in tanti a cena.»

«Infatti», assentì Regan. «E potremo dare un'occhiatina di persona al futuro sposo.» Esitò un istante prima di aggiungere: «Vorrei tanto che riuscissimo a metterci in contatto con Whitney».

«Perché?»

«Temo di essere un'apprensiva. Mi piacerebbe assicurarmi che è arrivata sana e salva.»

La donna sorrise. «Lei non conosce la nostra Whitney. Quando era piccola, la mattina si addormentava con la faccia nel piatto. Ha il risveglio lento; sono convinta che non si è neppure accorta di avere dimenticato il vestito.» Si voltò a staccare un foglio dalla bacheca. «In ogni caso, mi ha lasciato il numero del posto dove si tiene il seminario. Possiamo chiamare lì.»

«Ci penso io», si offrì Regan. Prese il foglietto e andò al telefono posato sulla scrivania. Le rispose una donna che parlava un inglese stentato, e non fu facile farsi capire.

«Dico al signor Norman di chiamare dopo», recitò infine la donna. «Ora occupato nel fienile con studenti. Urlano e strillano tutti. Come pazzi.»

«Mi raccomando, è importante che riceva il mio messaggio», disse Regan augurandosi che la sua interlocutrice se ne ricordasse. In realtà, ne dubitava, ma lei avrebbe sempre potuto richiamare più tardi.

Si voltò verso Lilac. «Sono pronta per la mia prima seduta di meditazione.»

«Earl è un istruttore fantastico», replicò l'altra. «Vedrà, alla fine si sentirà molto più rilassata.»

Speriamo, pensò Regan andando verso la porta.

31

IL sabato mattina presto Lynne B. Harrison, la giornalista che aveva fatto il servizio televisivo sulla Standish, ricevette una telefonata nella sua casa di Los Angeles. Stava dormendo, e rispose con la voce impastata di sonno.

«Alzati, Lynne», sbraitò il suo capo. «C'è dell'altro lavoro da fare su quella ricca signora che sta per sposarsi. Stiamo ricevendo centinaia di chiamate e di e-mail.»

Lei sbatté le palpebre. Non erano neppure le nove, e il sabato era il suo giorno libero. La sera prima era andata a letto tardi, e non aveva previsto di alzarsi prima di mezzogiorno.

«Che vuoi che faccia?» gemette.

«Inventati qualcosa. Questa storia ha catturato la fantasia della gente. L'idea che si possano trovare l'amore e i soldi a un'età tanto avanzata ha interessato tutti. Non ti ha invitata al matrimonio?»

«Sì.»

«Ci vai.» Non era una domanda.

«Così le ho detto. Ma è per domani.»

«Be', vai a casa sua e fai qualche ripresa. Il cameraman sarà da te fra mezz'ora. Abbiamo l'indirizzo; tu non devi far altro che trovare materiale nuovo. Un'angolazione diversa, magari. Come sai, maggio è il mese dei rendiconti e dobbiamo aumentare i nostri indici di gradimento. E poi, è il mese perfetto per sposarsi. Lucretia Standish invoglia le persone a provarci prima che sia troppo tardi, e noi non possiamo lasciarcela sfuggire!»

Lynne si mise a sedere sul letto. Il suo capo, Alan Wakeman, sapeva essere terribilmente insistente. Era giovane e stava cercando di farsi un nome nel campo televisivo. Se pensava che una storia aveva «le gambe», dovevi sfruttarla fino in fondo... se volevi conservare il lavoro.

«Va bene, Alan. Sarò pronta fra mezz'ora.»

32

La Rolls-Royce di Lucretia viaggiava in direzione nord lungo la Highway 101. Edward era al volante e l'anziana signora gli sedeva accanto.

«Non riesco a credere che non ti sia mai sposato», stava dicendo lei.

Edward si voltò a guardarla. «Aspettavo d'incontrare la donna giusta.»

Lei ridacchiò. «Non suona come una battuta un po' scontata?»

«Niente affatto», protestò lui. «Lucretia, sai che per me non c'è nessuna migliore di te. Nessuna più divertente.»

«Questo sì. Tutti i miei mariti dicevano che con me si divertivano.»

Edward aveva la sensazione di stare andando alla sua esecuzione. Eccolo lì, in una splendida giornata di maggio, che guidava una Rolls-Royce diretto a una cantina centro di meditazione e chissà che altro. Avrebbe di gran lunga preferito essere in qualsiasi altro posto. Quello stupido servizio televisivo, imprecò fra sé. Ma doveva tenere duro solo fino alla cerimonia; dopo non avrebbe avuto più nulla di cui preoccuparsi. Il pensiero di trovarsi nella stessa proprietà in cui era nascosta Whitney lo mandava quasi fuori di testa, anche se lei era legata e imbavagliata.

«Ho un'idea fantastica», annunciò.

«Quale, caro?»

«Perché non proseguiamo per Las Vegas? Potremmo sposarci lì, al riparo dalla curiosità del mondo. Niente più lanci di pomodori e invidiosi che non vogliono vederci felici.»

Lucretia sembrò riflettere seriamente sulla proposta. «Soli soletti?» disse alla fine. «Sarebbe troppo triste.»

Edward avrebbe voluto urlare dalla rabbia, invece disse: «Saremmo insieme. È l'unica cosa che conti».

Lei gli sorrise. «Abbiamo il resto della vita per stare soli. Voglio che la mia famiglia partecipi al matrimonio.»

«Ovviamente.» Edward accese la radio.

«Un incendio si sta propagando nell'area nord orientale di Santa Barbara. Fino a questo momento i vigili del fuoco non sono riusciti a domarlo.»

«Ma è dove stiamo andando noi!» Lucretia sembrava allarmata. «Spero che la proprietà di quei poveretti non subisca danni.»

Oh, mio Dio, pensò Edward. Whitney era nascosta in un edificio abbandonato. Quanto era vicino l'incendio? Rex l'avrebbe lasciata lì, se il fuoco si fosse esteso al punto da costituire una minaccia concreta?

Sì, lo avrebbe fatto.

Pigiò sull'acceleratore e affiancarono un'auto carica di ragazze. Riconoscendoli, la conducente si attaccò al clacson, abbassò il finestrino e mise fuori la mano con il pollice alzato.

«Congratulazioni!» gridò mentre le altre sventolavano le braccia.

Lucretia non perse un attimo per mettere a sua volta la

testa fuori e ricambiare il saluto. Una delle ragazze le scattò una fotografia.

Lei ridacchiò mentre si ravviava i capelli. «Che carine», esclamò. «Mi fanno ripensare a come mi divertivo da giovane, prima di andare a Hollywood. Avevo due amiche da cui ero inseparabile. Ci piaceva andare al cimitero, la notte, e sederci lì a chiacchierare. Ci eravamo giurate che saremmo rimaste unite per sempre, qualunque cosa fosse accaduta. Ci pungemmo perfino un dito per mescolare il nostro sangue. Eravamo come sorelle.» Sospirò.

«E poi che cosa successe?» domandò Edward.

«Andai a Hollywood e non tornai più indietro. Ero impegnata a recitare e i miei si erano trasferiti altrove. Poi cominciò la parabola discendente, e a quel punto mi vergognavo a farmi rivedere.» Scrollò le spalle. «Ho sempre rimpianto di non essere rimasta in contatto con loro. Polly e Sarah, le migliori amiche che si possano desiderare.»

«Ora dove sono?» chiese lui ubbidiente.

«Non ne ho idea.» Lucretia si era rattristata. «Se fossero ancora vive e sapessi come rintracciarle, le inviterei alla cerimonia.»

Risparmiamelo, pensò Edward, ma allungò la mano a prendere quella della promessa sposa. «Sono sicuro che sarebbero felici per te.»

«Una cosa è certa: sarebbero molto sorprese dal nostro matrimonio.»

Edward non sapeva come prendere quell'osservazione, ma voleva a tutti i costi ritardare il loro arrivo alla cantina. «Perché non ci fermiamo a pranzare lungo la strada?» propose infine. «Noi due e basta. Il nostro ultimo pasto soli da fidanzati.»

Lucretia gli sorrise deliziata. «Che idea romantica.»

33

NELLA loro casa tra le montagne sopra San Luis Obispo le due amiche d'infanzia di Lucretia guardavano la televisione.

«Riesci a crederci?» fece Polly scuotendo la testa ormai bianca da più di trent'anni. «Lo sta facendo di nuovo, e non ci ha invitate.»

«Be'», replicò Sarah dalla sua sedia a dondolo, «neppure noi l'abbiamo invitata al nostro matrimonio. Si era insuperbita troppo.» Si protese verso il televisore. «Caspita, com'è giovane quel tizio. È una vergogna.»

«A me non dispiacerebbe incappare in un uomo giovane», la rimbeccò Polly. «Non ci sarebbe niente di male.»

«Oh, immagino di no.»

L'annunciatore stava esortando i telespettatori a mandare delle e-mail per commentare i servizi che erano andati in onda. Sullo schermo comparve un indirizzo di posta elettronica.

Le due donne si guardarono. Vivevano insieme da quindici anni, ossia dalla morte dei rispettivi mariti. Avevano molti hobby, amavano fare lunghe passeggiate e di recente si erano appassionate a Internet.

«Perché non scriviamo a Lucretia?» suggerì alla fine Polly.

«Per dirle che cosa?»

«Ti ricordi di noi?»

Scoppiarono a ridere.

Polly si alzò e andò alla credenza. Aprì un cassetto e cominciò a frugare tra le vecchie fotografie. «Ecco qui.» Indugiò a contemplare l'immagine di tre ragazzine che si tenevano sottobraccio mentre sorridevano all'obiettivo. La tese a Sarah.

«Ricordi il nostro segreto?»

«Come potrei dimenticarlo?»

«È passato un bel po' di tempo.»

«Puoi dirlo forte.»

Andarono entrambe al computer e spedirono una e-mail destinata a Lucretia all'indirizzo indicato dal canale televisivo. Erano sicure che avrebbero avuto presto sue notizie.

34

Regan uscì all'aperto. I raggi del sole erano caldi sul suo viso. Se non fosse per la seduta di meditazione, pensò, andrei a fare una passeggiata tra le vigne. Ma voleva farsi un'idea dell'attività di Earl, così attraversò il parcheggio diretta al piccolo agglomerato di annessi costruiti di fronte all'edificio principale. L'architettura ricordava il set di un vecchio western. Le sembrava quasi di vedere un uomo a cavallo risalire la strada sterrata, scivolare giù di sella e legare le redini a un palo, proprio come facevano i cowboy in quelle vecchie pellicole. Ma non c'erano cavalli in vista, e l'unico animale nelle vicinanze era il gatto di Lilac che, seduto all'ombra di un limone, esibiva un'aria annoiata.

La mia prima lezione di meditazione, si disse Regan mentre entrava nella struttura di legno, la cui porta era sormontata da un'insegna che recitava CENTRO «DEEP BREATHS». Aveva seguito parecchi corsi di aerobica e di stretching nella sua palestra, mai però di yoga o meditazione. La porta a rete sbatté alle sue spalle, rompendo la quiete del mattino. Lei sussultò.

Ora sì che ho bisogno di qualche esercizio di rilassamento, si disse. Alla sua destra si apriva un ampio spazio simile a un'aula di danza, con lucide assi di legno e pareti rivestite di specchi. La sbarra nera che correva lungo tutta la parete di fronte le ricordò la scuola di ballo a cui Nora l'aveva iscritta quando aveva cinque anni. Si rivide aggrappata alla sbarra mentre tentava di far assumere ai piedi recalcitranti la posizione voluta dall'insegnante, un autentico mostro di crudeltà. Dopo un paio di lezioni, lei si era rifiutata di continuare, e Nora l'aveva mandata a studiare pianoforte. Un'altra causa persa.

Le donne che aveva visto arrivare poco prima erano sedute a gambe incrociate sui materassini e chiacchieravano a bassa voce. Regan prese un materassino dall'angolo in cui erano accatastati e andò a deporlo a quella che le parve una distanza adeguata dagli altri partecipanti. Dopo di lei arrivarono alla spicciolata altre quattro o cinque persone, fra cui l'uomo che aveva visto la sera prima, l'unico altro ospite della locanda. Come si chiamava? si chiese lei. Ah, sì. Don.

«Salve», disse.

Lui rispose con un cenno e serrò gli occhi.

Dev'essere molto concentrato, pensò Regan. La cosa la sorprendeva un po'. Non avrebbe saputo dire perché, ma non le sembrava tipo da meditazione. Forse era a causa di quella sua aria da macho.

Earl, che era comparso sulla soglia, fece un'entrata degna del Dalai Lama. Mentre si aggirava per la stanza, intonò: «Viviamo in un'epoca che offre molti modi di mettere a proprio agio il nostro corpo. Buon cibo, buon vino...»

Indovinato, questo accenno al vino, si disse Regan.

«... le comodità sono molteplici. Ma conosciamo anche lo stress e la sofferenza. Io dico che dobbiamo rallentare e concentrarci sulla nostra consapevolezza. Le nostre vite troppo piene rendono la mente inquieta. Siamo qui per rilassare il corpo e placare la mente. Ora voglio che vi togliate le scarpe e vi sdraiate sui materassini.»

Regan impiegò qualche istante a slacciare le scarpe da ginnastica. Mentre scioglieva i nodi, lanciò un'occhiata a Don. La maglietta che indossava gli salì sul petto quando si sdraiò, rivelando un ventre piatto coperto di peluria bionda. Lei fissò stupita il tatuaggio, raffigurante un teschio con due ossa incrociate, appena sotto l'ombelico. Che stranezza, pensò. Il suo sguardo si spostò sulla massa di capelli neri. La sera prima aveva avuto la sensazione che fossero tinti. Non è così, si disse ora. Porta una parrucca, e di pessima qualità, per giunta. Perché usare una parrucca nera quando il resto del mondo preferiva farsi biondo? E Don era quello che si diceva un biondo naturale.

Come percependo il suo sguardo, l'uomo aprì gli occhi. Per un istante la sua espressione fu di pura ostilità, poi si stemperò in un debole sorrisetto. Si tirò giù la maglietta mentre Regan si sforzava di non fargli capire che lo stava osservando. Il cuore le batteva un po' più in fretta del solito mentre si sdraiava, a non più di trenta centimetri da quello strano individuo. Coraggio, Earl, pensò. Fammi sentire in armonia con la natura. Sto diventando nervosa.

Earl inserì una cassetta nell'impianto stereo. Un suono di acqua scrosciante, sullo sfondo di una musica destinata a infondere tranquillità, riempì la sala.

«La vostra mente è come una scimmia che passa senza mai fermarsi da un ramo all'altro», cominciò l'uomo.

Proprio così, si disse Regan.

«La meditazione vi riporta lentamente a un unico centro di attenzione.»

Come, per esempio, scoprire dove diavolo è finita Whitney.

«La nostra mente salta avanti e indietro per l'intera durata del giorno. Ricordi, preoccupazioni, pensieri, sentimenti, passano veloci. Dobbiamo far rallentare la scimmia. Dobbiamo fare amicizia con noi stessi. Dobbiamo sorridere ai nostri organi interni.»

Eh? pensò Regan.

«Chiudete gli occhi. Ora lasceremo fluire la tensione dai nostri corpi per poterci confondere con la terra. Cominciate concentrandovi sul vostro respiro. Respirate profondamente. Dentro.. fuori... dentro... fuori. Ora muovete le dita dei piedi. Ancora... ancora. Prendete piano piano coscienza di ogni parte del vostro corpo.»

Nell'ora successiva, Regan seguì le istruzioni di Earl attraverso una serie di stiramenti, respirazioni e piegamenti che si concluse con la posizione del loto. Si sforzava quanto più possibile di rilassarsi, ma i suoi pensieri continuavano a tornare a Whitney e al vestito dimenticato. Che cosa era successo?

Restavano pochi minuti alla fine dell'ora quando Earl spense le luci. «Adesso sgomberate la mente da ogni pensiero», disse. «Fate un respiro profondo... poi un altro... e un altro. Molto bene. Vi ricordo che qui accanto sono in vendita candele e incenso. Usateli per creare un piccolo centro di meditazione nella vostra casa.»

Gli affari sono affari, considerò Regan.

La luce era stata appena riaccesa quando Don si alzò e, infilate le scarpe, rimise a posto il materassino. Lei lo guardò depositarlo nell'angolo e uscire in tutta fretta. Neppure lui sembrava molto rilassato, considerò.

E perché quella orribile parrucca?

35

PHYLLIS era profondamente depressa. E un po' più che nervosa. Dopo la partenza di Lucretia andò a sedersi in cucina, senza sapere bene che cosa fare.

Aveva previsto una «commissione» di duecentomila dollari, una volta che Lilac e i suoi avessero incassato gli assegni. Il suo era un piano perfetto, meglio di qualsiasi gioco a premi. Esortare la famiglia a presenziare al matrimonio facendo credere che la vecchia zia progettava di regalare loro due milioni di dollari a testa, ma solo se avessero partecipato alla cerimonia, quindi convincere Lilac a darle una piccola quota per il suo aiuto. Tutti ne sarebbero usciti soddisfatti. Che importava se la Standish aveva in mente di donare quel denaro senza alcuna condizione? Quando si ricevono due milioni di dollari, cosa sono cinquantamila in più o in meno?

Per come la vedeva Phyllis, alla signora interessava soltanto che i famigliari di Haskell partecipassero alle sue nozze. E quando lei aveva capito che Lilac non aveva alcuna intenzione di assecondarla, aveva messo a punto il suo piano, che avrebbe assicurato la presenza dei parenti in pompa magna e al tempo stesso avrebbe reso felice Lucretia. Ora sentiva di meritare una ricompensa. Lilac le aveva assicurato discrezione, e il perché era abbastanza ovvio: neppure la sua famiglia avrebbe fatto una bella figura se fosse saltato fuori che tutti erano interessati solo ai soldi.

Tuttavia, adesso che Lucretia stava andando alla cantina, Phyllis temeva che il suo stratagemma venisse scoperto. Lilac avrebbe potuto lasciarsi sfuggire qualcosa, o chissà, farlo deliberatamente. E in questo caso lei avrebbe perso la sua commissione e con ogni probabilità sarebbe stata licenziata.

Si preparò una tazza di tè e accese il televisore sintonizzandosi sul canale che trasmetteva i giochi a premi. Stava andando in onda una replica di *25.000 Pyramid*, con Dick Clark. Si era alle ultime battute e il concorrente riceveva indizi da un personaggio famoso di cui Phyllis aveva dimenticato il nome. Bisognava capire che cosa avessero in comune quegli indizi.

«Per quale ragione uno chiede un prestito... impegna i gioielli... dice alla moglie di trovarsi un lavoro...»

«Perché non ha più un soldo!» urlò Phyllis, e in quel momento sentì squillare il campanello della porta.

Bevve un sorso di tè prima di alzarsi. Di sicuro qualche altra scocciatura legata alla cerimonia, si disse mentre percorreva lentamente il soggiorno ammirandone la pulizia. Vedremo se riusciranno a trovare un'altra che tenga altrettanto bene la casa.

Quando aprì la porta rimase sorpresa nel vedersi davanti la giornalista che aveva intervistato Lucretia il giorno prima, accompagnata da un cameraman. La donna era bionda e sorridente, e aveva l'aria assolutamente felice.

«Salve», esclamò.

Phyllis la fissò con uno sguardo vacuo. Non aveva an-

cora eliminato i pomodori e lei ne stava calpestando uno. E così il suo compagno.

«Sono Lynne B. Harrison, di GOS. Ieri abbiamo mandato in onda un servizio sulla signora Standish. Mi chiedevo se potrei parlarle un minuto.»

«Non c'è», tagliò corto Phyllis. «E grazie al vostro servizio, hanno lanciato dei pomodori contro la porta. Fortunatamente sono caduti tutti sulla veranda.» Abbassò gli occhi e Lynne B. Harrison seguì il suo sguardo.

«Oh», disse mentre faceva cenno al cameraman di riprendere i pomodori spiaccicati per terra. «Crede sia stato qualcuno che ha visto il notiziario?»

«Direi.»

«Che peccato.» Lynne prendeva tempo mentre cercava di escogitare una scusa per entrare. Il suo capo si aspettava qualche novità, e doveva trovare qualcosa a tutti i costi. «Abbiamo ricevuto centinaia di e-mail da parte di telespettatori che si congratulavano con la signora Standish per avere trovato di nuovo l'amore. Devo ammettere che altri sono rimasti piuttosto turbati nel venire a sapere che ha guadagnato una fortuna con una società punto-com che poi ha fatto bancarotta. Ci hanno scritto anche due sue amiche d'infanzia. Vorrebbero parlarle di un segreto che hanno tenuto nascosto per più di settant'anni.»

Phyllis sbarrò gli occhi. Di colpo si sentiva fieramente protettiva nei confronti di Lucretia. Era già abbastanza grave che tutti, lei compresa, fossero interessati ai suoi soldi. Ma se qualcuno pensava di metterla in imbarazzo pubblicamente...

«Le concedo un'intervista se mi consegna quella e-mail e fa in modo che sia soltanto la signora Standish a contattare le sue amiche», propose. Forse così sarebbe rimasta nelle buone grazie della sua datrice di lavoro, pensò.

E chissà, avrebbe addirittura ricevuto una ricompensa per la sua lealtà.

Lynne sapeva di non avere scelta. Avrebbe potuto aspettare la futura sposa a bordo del furgone, ma sfortunatamente ignorava dove fosse andata. Era molto probabile che quella e-mail fosse uno scherzo. Erano sempre in tanti a pretendere di essere intimi amici di chi era sotto le luci dei riflettori... quello che non farebbero certe persone per un quarto d'ora di celebrità! E il suo capo voleva qualcosa da mandare in onda quello stesso giorno. Una visita alla casa della Standish sarebbe stata l'ideale. Tese una copia della e-mail alla cameriera.

«Su, entrate», li esortò Phyllis spalancando la porta.

36

Dopo la seduta di meditazione Regan passò nel locale adiacente, un negozietto con sala di degustazione. Era uno spazio ampio e pieno di luce; su un lungo banco di legno campeggiava un vecchio registratore di cassa. Davanti erano allineati parecchi sgabelli e sugli scaffali retrostanti si vedevano i bicchieri da vino, mentre le bottiglie stavano nelle vetrinette appese alla parete di mattoni. Dappertutto erano esposti ninnoli orientali e oggetti di vario genere, candele e bastoncini d'incenso, e in sottofondo si udiva un brano di musica classica. A un'estremità della stanza un tavolo rotondo in legno di quercia era apparecchiato con bicchieri di varie forme e dimensioni, e una porta scorrevole dava su un patio arredato con parecchi tavoli da picnic.

Bella era seduta alla cassa. «Benvenuta nella nostra sala di degustazione», la accolse. «Se posso esserle utile, non esiti a chiedere.»

«Grazie», rispose Regan pensando che improvvisamente la donna le sembrava un po' strana. Con la sua voce cantilenante e lo sguardo vitreo, le dava l'impressione di un giocatore sul punto di fare poker.

I suoi occhi caddero su una pila di brochure davanti alla cassa. Si avvicinò e ne prese una. In alto c'era il titolo Altered States: *uno sguardo indietro* e le pagine erano piene di fotografie in bianco e nero risalenti ai primi anni del Novecento, che in gran parte raffiguravano solo vigne.

«Mi sembra di aver capito che una volta la cantina apparteneva a suo nonno», disse rivolta a Bella.

L'altra fece una smorfia. «Fu il Proibizionismo a rovinarlo. Da queste parti furono in molti a passarsela male quando la legge venne approvata.» Improvvisamente i suoi occhi avevano preso vita. «Francamente, credo che il governo dovrebbe indennizzarci per i guai causati ai nostri antenati.»

Oh, ragazzi, pensò Regan mentre la colonna sonora di *Twilight Zone* si diffondeva nella stanza.

«Voglio dire, Santo Dio, se non avessero approvato quella stupida legge, ora tutto questo sarebbe mio.»

Chissà se aveva parlato a Lilac in quei termini prima di venire assunta, si chiese Regan. Sospettava di no.

«Be'», rispose pensando a Lucretia, «guardi che fine hanno fatto tutte quelle società punto-com. Da qui a cinquant'anni, ci sarà chi dirà che sarebbe stato ricco se solo i suoi nonni ne fossero usciti prima del crollo.»

Bella scosse la testa. «Non è la stessa cosa.»

«Mi risulta che molti credono che in questa proprietà ci sia un fantasma. Conosce qualche leggenda dei tempi di suo nonno?»

«Tutto quello che so è che dovette fuggire a causa dei debiti. Non è giusto che sia andata così. Non è affatto giusto.»

Allora perché hai voluto tornare? si chiese Regan. Di sicuro questo posto per te è solo una fonte di brutti ricordi. Sorrise al pensiero che a Bella avrebbero giovato un paio d'ore di meditazione con Earl.

Entrò una coppia, che la donna accolse con le parole che pochi minuti prima aveva rivolto a lei. La stessa frase, la stessa inflessione. Sembrava una di quelle voci registrate che si sentono negli aereoporti.

Regan aveva ancora la brochure in mano. «Quanto costa?»

Le labbra a cuore di Bella si curvarono in un sorriso. «È gratis.»

«Grazie. Ci vediamo più tardi.» Appena uscita, Regan vide l'auto dei suoi imboccare il viale d'accesso.

«Avete fatto presto», commentò quando la macchina si fermò a pochi passi da lei. «Perché non andiamo subito in città a mangiare qualcosa?» Continuava a sentirsi inquieta, e voleva parlarne con i genitori in privato prima che si registrassero alla reception.

«Sicuro, tesoro.» Nora doveva avere intuito il suo disagio. «Abbiamo fatto una colazione leggera e, a dire la verità, sono affamata.»

Regan aprì la portiera e scivolò sul sedile posteriore. Si chiese se non dovesse avvertire Lilac che non ci sarebbe stata per pranzo, poi però si disse che probabilmente la donna non avrebbe neppure notato la sua assenza.

Se non si preoccupa per sua figlia, di certo non lo farà per me.

37

RICKY si svegliò sentendosi quasi umano. Chissà, forse sarebbe stato perfino in grado di mandare giù un pezzo di pane tostato. Benché fosse ancora debole, si costrinse ad alzarsi e a fare la doccia.

Il flusso dell'acqua calda sul suo corpo dolente e disidratato era piacevole. Aprì la bocca per accogliere il getto che dava sollievo alle labbra aride. Mentre si insaponava, era come se stesse eliminando tutto il malessere del giorno prima e fu con riluttanza che, dopo qualche minuto, chiuse il rubinetto e allungò la mano per prendere un asciugamano. Sto già molto meglio, pensò. Non abbastanza per andare a correre, come faceva di solito la domenica mattina, ma nel complesso non poteva lamentarsi.

Aveva ventidue anni, e la ginnastica faceva parte delle sue abitudini quotidiane. Seppur alto solo uno e settanta, era dotato di un corpo sodo, con una muscolatura leggera ma armoniosa. I suoi capelli neri folti e ricciuti e la carnagione olivastra piacevano alle ragazze.

Infilò un paio di jeans e una maglietta e uscì. Era una bella giornata, e lui aveva una gran voglia di filarsela da lì, anche se solo per poche ore.

La hall dell'albergo era silenziosa e in giro non si vedeva nessuno. Ricky andò al bar dove consumò una colazione leggera, tè e pane tostato... quello che sua madre gli preparava sempre quando stava male. Dopo aver pagato il conto, uscì all'aperto. Non mi sento abbastanza bene da prendere la bici, considerò, ma voglio fare qualcosa. Ma certo: andrò da Norman a ritirare i miei soldi. Forse mi permetterà di assistere al seminario. Se devo raccomandarlo, è giusto che abbia un'idea di come funziona.

Girò rapidamente sui tacchi e puntò verso il parcheggio, pensando che sarebbe stato divertente incontrare Whitney fuori dal set e dare un'occhiata agli altri partecipanti. Chissà, magari c'era qualche ragazza carina. Ricky aveva rotto da poco con la sua, che lo accusava di passare troppo tempo lontano da Los Angeles.

«Sono troppo giovane per sopportare queste lunghe assenze», gli aveva detto mentre si ritoccava il trucco. «Mi sento nel fiore degli anni e voglio un uomo al mio fianco, Ricky... qualcuno che ci sia quando ho bisogno di lui. A volte semplicemente desidero essere abbracciata, capisci?»

«Come preferisci», aveva risposto lui, andandosene.

Ora, mentre saliva in macchina, si sentiva pieno di energia. Conoscerò gente nuova, si disse. Era abbastanza onesto da ammettere che aveva soprattutto voglia di vedere Whitney. Se solo non avesse una storia con Frank, pensò, poi rise. Forse un giorno anche lei cadrà vittima del mio fascino.

Inserì un CD nello stereo e puntò verso le colline. La casa di Norman si trovava in una zona magnifica, su tra i boschi in montagna. Era davvero la giornata ideale per una gita in macchina. Se si fosse sintonizzato su un notiziario, invece di ascoltare la musica, forse avrebbe cambiato idea.

L'incendio avanzava.

38

NEL piccolo villaggio vicino all'*Altered States* la scelta dei ristoranti era a dir poco limitata. Nora e Luke, però, ne avevano abbastanza di stare in macchina e non desideravano spingersi fino a un'altra città. Passarono davanti a un pub, il *Muldoon*, che Regan ipotizzò essere quello dove lavorava il marito di Bella. L'insegna reclamizzava i sandwich con il pomodoro e il formaggio alla griglia.

«Vogliamo provare qui?» propose. «Un po' di atmosfera locale.»

«Il formaggio alla griglia è uno dei miei cibi preferiti», commentò asciutto Luke mentre parcheggiava.

Dentro, il jukebox suonava una canzone di Roy Orbison. Non era ancora mezzogiorno e c'erano tavoli liberi in quantità. Si accomodarono vicino alla vetrina, da cui si vedevano in lontananza le montagne. Quello era il tipico pub con l'arredamento scuro e l'odore di birra stantia nell'aria.

Si avvicinò una cameriera. Tutti e tre optarono per la specialità della casa.

«Ottima scelta», commentò la donna. La targhetta che aveva appuntata sull'uniforme la identificava come

Sandy. Sulla sessantina, aveva un viso coriaceo che sembrava essere stato esposto al sole per secoli. «E da bere? Abbiamo una birra speciale...»

«Servite vino al bicchiere?» volle sapere Nora.

La cameriera sbuffò con aria di derisione. «A caraffa, vorrà dire. Saremo anche nella zona del vino, ma al proprietario di questo posto non potrebbe importare di meno. Lo compra in taniche grandi come frigoriferi. Credetemi sulla parola, l'azienda vinicola da cui viene non ha mai vinto una medaglia.»

Regan approfittò dell'occasione per carpirle qualche informazione. «Alloggiamo all'*Altered States*», cominciò.

Un'altra smorfia. «Quel posto.»

L'investigatrice sorrise. «Che cosa intende dire?»

«È iellato. Il vecchio proprietario dovette andarsene ai tempi del Proibizionismo e per anni rimase abbandonato. Tutti dicevano che c'era un fantasma. Chi lo ha preso in seguito è fallito, e ora c'è quella famiglia con le sue frottole sulla meditazione, le candele e l'incenso. Perché invece non si preoccupano di fare del buon vino, dico io?»

Regan ripensò all'impazienza con cui a volte Leon trattava il fratello. «Mi sembra che solo uno di loro sia interessato alla meditazione.»

«Earl.»

«Proprio lui.»

«Viveva alle spalle di un altro di quei centri di crescita spirituale fino a quando non l'hanno buttato fuori. Per un po', poi, si è arrangiato facendo lavoretti, ma ciò non bastava a garantirgli un tetto e i pasti per il resto della sua vita illuminata.»

«Credevo che fosse nel campo del petrolio.»

«Strano. Se è così, dev'essere stato molto tempo fa.»

Nora e Luke ascoltavano attenti. Sapevano che la figlia

era partita per una delle sue spedizioni, e si divertivano a vederla all'opera.

«Sembra saperne parecchio sul loro conto», commentò Regan.

«Ho vissuto qui per tutta la vita. Prima o poi in paese si sa sempre quello che succede. Da ragazzina, quando quel posto era abbandonato, ci andavamo di notte per spaventarci a vicenda. Ci rifugiavamo nel vecchio fienile in fondo alla proprietà e ci raccontavamo storie di fantasmi. Faccio la cameriera in questo pub da anni, e in un locale pubblico si sente parlare degli affari di tutti.»

«Una donna che lavora nel negozio di oggettistica dell'*Altered States* mi ha detto che, ai tempi della legge sul Proibizionismo, il proprietario era suo nonno.»

«Suo marito è stato appena assunto qui.» Sandy aveva abbassato la voce. «Si è offerto come barman e l'hanno preso senza fare troppe domande. L'altro giorno gli ho chiesto un Singapore Sling e lui mi ha guardato come se avessi due teste. Vi sembra che ce le abbia?»

«No», rispose doverosamente Regan.

«Proprio così, infatti. Quale barman degno di questo nome non conosce il Singapore Sling? A proposito di roba da bere, che cosa prendete?»

Tutti e tre ordinarono tè freddo.

Quando Sandy si fu allontanata, Nora si rivolse alla figlia: «Ieri sera abbiamo cenato con Wally e Bev. Pare che lui conosca il regista del film in cui recita Whitney».

Regan scosse la testa. Aveva già raccontato ai suoi quanto era accaduto quella mattina. «Non mi sentirò tranquilla fino a quando non avrò la certezza che si sia effettivamente allontanata di sua spontanea volontà.»

Arrivò Sandy con il tè.

La mente di Regan si stava «dondolando da un ramo

all'altro come una scimmia». Da Whitney a Bella e al marito di questa, l'improbabile barman. Un'immagine improvvisa le balenò alla mente: il tatuaggio raffigurante un teschio e due tibie incrociate. C'è qualcosa che non mi quadra in quel tipo, pensò.

39

LUCRETIA e Edward pranzarono in un locale gremito di motociclisti tatuati, le cui moto luccicanti erano parcheggiate in fila vicino all'ingresso. Lei rimpianse di non avere con sé la macchina fotografica; le sarebbe piaciuto immortalare la sua Rolls-Royce in mezzo a tutte quelle Harley-Davidson.

Mentre mangiavano i cheeseburger al banco, disse in tono civettuolo: «Caro, so che dev'essere una sorpresa, ma muoio dalla voglia di scoprire dove mi porterai in luna di miele».

«Dovrai aspettare fino a domani pomeriggio, quando lasceremo il ricevimento. Sai già che partiremo per un viaggio in macchina, e questo è tutto quello che sono disposto a rivelarti», rispose Edward, sforzandosi di apparire autorevole. Non poteva dirle che l'avrebbe portata a Denver, dove l'altitudine le avrebbe reso difficile respirare. Voleva stancarla; avrebbero fatto tappa anche in altre città, e la sera, una volta che lei si fosse addormentata, avrebbe cercato di sgattaiolare via per divertirsi un po'. Che diavolo, intendeva rimanere lontano da Beverly Hills il più a lungo possibile, per dare il tempo alla curiosità generale di spegnersi.

Sullo schermo televisivo appollaiato in un angolo sopra la vetrina dei dolci comparve improvvisamente il viso di Phyllis. Era in piedi nel soggiorno, accanto alla giornalista che aveva realizzato il servizio sulle loro imminenti nozze.

«Ci troviamo nell'abitazione dell'ex stella del cinema muto Lucretia Standish», stava dicendo Lynne B. Harrison, con in mano la fotografia che di solito stava sul tavolino davanti al divano. «La donna che ha guadagnato più di cinquanta milioni di dollari investendo in una società punto-com e disinvestendo saggiamente prima che fallisse.»

«Alzi il volume!» strillò Lucretia alla ragazza dietro il banco.

Notando la sua eccitazione, o forse solo per impedirle di urlare di nuovo, lei si affrettò a obbedire.

«Questa fortunata signora si sposa domani, e noi siamo in compagnia della sua cameriera. Phyllis, che cosa può dirci di Lucretia Standish e del suo fidanzato? Le sembrano felici?»

Phyllis si girò verso la telecamera, e a Edward parve che guardasse proprio lui. Si irrigidì.

«Oh, sì», rispose la cameriera in tono amabile. «Sono pazzi l'uno dell'altra.»

Edward si rilassò.

«E di lui che cosa può dirci?»

Edward si immobilizzò di nuovo.

«Non molto. In realtà, non lo conosco ancora bene, ma naturalmente non vedo l'ora di farlo.»

«Magnifico. Possiamo dare un'occhiata al luogo dove si svolgerà il ricevimento?»

«Certamente.»

La telecamera seguì le due donne fuori, dove decine di

tavoli rotondi erano stati collocati intorno alla piscina. Un uomo stava decorando il pergolato con nastri e fiori, mentre altri allestivano una pista da ballo in fondo al prato. Due tizi stavano trascinando una fontana, presumibilmente destinata a tenere in fresco lo champagne.

Lucretia batté le mani. «Guarda, tesoro, guarda. Stanno preparando tutto per domani.»

«Sono già emozionato», replicò Edward con fervore.

«Sarà un matrimonio splendido», esclamò Lynne, entusiasta. «Ci piacerebbe poter intervistare di nuovo la padrona di casa, ma oggi lei è andata a rifugiarsi in una località segreta per riposare un po' in vista del gran giorno. Ancora una volta, vi invitiamo a farci sapere che cosa ne pensate del matrimonio tra Lucretia Standish e Edward Fields. Tra loro due c'è una differenza di quarantasette anni. Credete che sia eccessiva? O siete convinti che l'amore vinca su tutto? Torneremo più tardi con altre notizie sui preparativi per la cerimonia.»

Lucretia guardò il fidanzato con un sorriso civettuolo. «Siamo la coppia del fine settimana, tesoro. Tu non pensi che quarantasette anni di differenza siano troppi, vero?»

Devi essere pazza! pensò lui. Ma poi sorrise e disse: «A me sembra quella giusta. Una differenza di cinquanta sarebbe esagerata, ma quarantasette vanno a meraviglia per noi».

«Sono d'accordo». Lucretia parve leggermente preoccupata per un istante, poi proruppe: «Chiamiamo Phyllis dal telefono in macchina. Voglio sapere che altro sta succedendo a casa».

«Forse dovremmo tornare», suggerì ansioso Edward, optando per il male minore.

«No! Ho promesso che avrei passato la notte alla cantina. E poi, non bisogna esagerare con la visibilità. Domani manderanno in onda un servizio sul matrimonio, e credo che questo sia sufficiente. Paga il conto, caro, e andiamo.»

Saltò giù dallo sgabello e si voltò verso il gruppo dei motociclisti. Avevano seguito tutti il notiziario, e adesso i loro sguardi erano concentrati su di lei.

«Ora di mettersi in marcia, Lucretia!» gridò uno. «Vuoi un passaggio sulla mia moto?»

«Mi piacerebbe!» esclamò lei, entusiasta di essere al centro dell'attenzione.

Esplose un applauso e parecchi fischiarono forte.

«Ma...» protestò Edward.

Lei lo guardò. «Solo il giro dell'isolato», replicò decisa.

Due dei motociclisti scortarono fuori la coppia.

«Mi chiamo Dirt», disse il tipo nerboruto che aveva proposto un giro a Lucretia. Portava un gilè di pelle che lasciava scoperte le braccia muscolose e ricoperte di tatuaggi. Intorno alla testa quasi calva aveva una bandana. «Permettimi, dolcezza.» Senza alcuno sforzo apparente, sollevò la donna tra le braccia e la issò sulla moto. Poi salì a sua volta e si allontanò rombando.

«Io sono Big Shot», annunciò la creatura ipersviluppata che si era fermata accanto a Edward. «E voglio dirti che, se ci arriva all'orecchio che qualcosa non va nel vostro matrimonio, verremo a cercarti e te la faremo pagare.» Sorrise, esibendo l'arcata dentaria più eccentrica che lui avesse mai visto. «Non ci piace la gente che approfitta delle vecchie signore. Sono stato chiaro?»

Edward si augurò che Big Shot non si accorgesse che gli tremavano le ginocchia. «Mi prenderò cura di lei», si affrettò a rispondere. «Davvero davvero.»

Big Shot scoppiò a ridere, una risata non troppo dissimile da un ringhio sommesso. «Bene. Perché noi ti terremo d'occhio.»

E l'idea di fermarci a pranzo è stata mia, pensò Edward infelicissimo mentre valutava le enormi membra di Big Shot. Anche lui portava un gilè sulla pelle nuda e un paio di jeans. Difficile capire dove finisse un tatuaggio e ne cominciasse un altro.

Lucretia e Dirt tornarono di lì a poco. «Tesoro», strillò lei. «Questi simpatici giovani verranno al matrimonio!»

40

WHITNEY era disperata. Aveva la bocca secca e le doleva tutto il corpo per essere rimasta a lungo legata. Mi hanno lasciato qui a morire? si chiese per l'ennesima volta. Quando riusciranno a trovarmi?

Si sforzò di capire per quale ragione qualcuno la tenesse segregata. Se il suo sequestratore avesse voluto ucciderla, avrebbe potuto farlo subito. Era più probabile, quindi, che intendesse solo rapirla, ma perché? Avrebbe chiesto un riscatto? Sapeva che la sua famiglia stava per diventare milionaria?

Fuori della loro cerchia ristretta, quasi nessuno ne era a conoscenza, rifletté. Possibile che fosse l'uomo che la sera prima cenava da solo in sala da pranzo? Poteva avere ascoltato la loro conservazione, congetturò. Ma se così era, avrebbe sentito anche che non avrebbero ricevuto il denaro se non fossero andati tutti al matrimonio. L'ospite, rammentò, dopo cena era uscito ed era rimasto fuori abbastanza a lungo. Forse si era aggirato per la proprietà e aveva scoperto il fienile.

Nell'udire all'improvviso la porta che si apriva, il cuore prese a batterle forte. Ora l'avrebbe uccisa? si chiese trattenendo il respiro. Poi, con la stessa rapidità con cui era stata aperta, la porta venne richiusa.

Oh, mio Dio, pensò Whitney. Era lui o no? Frenetica, cominciò a dimenarsi, cercando di battere i piedi contro l'interno del bagagliaio della jeep. Dev'essere stato qualcun altro, si disse con un misto di frustrazione e speranza. Ma chi? Lì non ci andava mai nessuno. Il vecchio fienile era proprio sul confine della proprietà.

Il cellulare, rimasto nella sua borsa sul sedile anteriore, cominciò a squillare. Perché non aveva suonato un minuto prima? Forse la persona che era stata lì lo avrebbe sentito.

Devo smetterla di agitarmi e conservare le forze, si disse. Per farmi trovare pronta se qualcuno che può aiutarmi dovesse tornare. In qualche modo dovrò riuscire a segnalargli che sono qui, chiusa in questo vecchio fienile cadente.

41

PALA alla mano, Bella passò sul retro del vecchio fienile e riprese a smuovere la terra. Nel corso della settimana aveva sempre trascorso la pausa pranzo scavando alla ricerca del tesoro sepolto lì da suo nonno Ward. Non sapeva con esattezza in che consistesse, ma apparteneva alla sua famiglia, e poco importava chi fosse ora il proprietario di quel posto.

Quando aveva lasciato la California il nonno si era trasferito in Canada, e una volta giunto nella Columbia Britannica aveva conosciuto una donna e si era sposato. Non aveva mai più messo piede in America. Sua figlia, Rose, era nata molti anni dopo e da bambina, seduta sulle sue ginocchia, lo aveva ascoltato raccontare sempre le stesse storie. «Amavo la mia cantina», diceva Ward. «Se solo la legge sul Proibizionismo non fosse stata approvata...»

«Non fosse stato per il Proibizionismo, non ci saremmo mai incontrati», gli faceva notare la moglie.

«Certo che ci saremmo incontrati», replicava lui, liquidando con un gesto l'obiezione. «Tu, mia cara, sei nata sotto una buona stella. La mia meravigliosa cantina, ecco a che cosa eravamo destinati. Se solo quella legge non fosse passata...»

Se solo, se solo, se solo. La famiglia viveva a Vancouver, e Ward aveva trovato lavoro su un peschereccio. «Un giorno tornerò in California», si riprometteva. Ma era morto giovane, prima ancora che il Proibizionismo venisse abolito.

La nonna di Bella non aveva mai guardato tra le carte del marito, e neppure Rose, che era fatta della stessa stoffa. Alla morte della madre, infatti, si era limitata a portare tutto in solaio. «Tuo nonno era peggio di uno scoiattolo», disse a Bella. «Quegli scatoloni sono veramente troppi. Siccome lui aveva dovuto lasciare la California senza portarsi dietro nulla, da quel momento cominciò a conservare ogni genere di cianfrusaglia. Un giorno o l'altro dovrò dare una bella ripulita.»

«Un giorno o l'altro» arrivò quando Rose decise di trasferirsi in una residenza per anziani dove c'erano già dei suoi amici. Senza più il marito, anelava a un po' di compagnia. Così Bella, che sarebbe stata una magnifica organizzatrice professionale di armadi, era andata a Vancouver per aiutare la madre a svuotare la casa. Quando si trattò di decidere cosa tenere e cosa buttare, si rivelò addirittura brutale. «Liberatene», intimava ogni volta che l'altra le mostrava qualche oggetto.

Rose poteva portare con sé solo pochi mobili e, dopo una lunga discussione, le due donne stabilirono che a sopravvivere sarebbero stati giusto l'orologio a cucù e la sedia a dondolo. Bella fu molto soddisfatta di trascinare fuori il vecchio tappeto verde ormai a brandelli. Lo seguirono altri pezzi d'arredamento malconci.

Finalmente affrontarono il solaio, e lei, come sempre

efficiente, si rimboccò le maniche e cominciò ad aprire gli scatoloni, in buona parte pieni di vecchi giornali e riviste.

Rose scosse la testa. «Papà odiava buttare via i giornali se non li aveva letti da cima a fondo.»

Bella gettò un periodico dietro l'altro nel sacco dei rifiuti, starnutendo a causa della polvere.

Una scatola conteneva vecchie foto, e la scoperta portò a un rallentamento della produttività.

«Ma guardalo», si stupì Rose. «Era sempre così elegante.»

La foto mostrava Ward con indosso un abito bianco di lino, in piedi davanti a un bar sulla spiaggia mentre sorseggiava un bicchiere di vino e inclinava la paglietta in direzione del fotografo.

Bella sorrise, ma nel giro di due secondi stava già aprendo un altro scatolone. Era pieno di lettere e documenti ingialliti. Prese un taccuino e lo aprì alla prima pagina. C'erano parecchie annotazioni, e in alto un titolo, *Impressioni*. Cominciò a sfogliare le pagine scorrendo rapidamente con gli occhi le frasi scritte in una calligrafia tremolante.

«Senti qui, mamma!» esclamò eccitata.

Rose ascoltò la figlia leggere ad alta voce il diario di Ward. Parlava soprattutto della sua cantina, e di come lui amasse il profumo delle vigne, il peso dei grappoli nella mano, il gusto del vino. Un'annotazione diceva semplicemente: «Odori, fai ruotare, sorseggi, assapori e ingoi. Cosa potrebbe esserci di meglio?»

Verso la fine del diario il tono cambiava. «Devo andarmene. Non c'è verso, non posso più tenere aperto. Ho cercato di convincere la chiesa a comperare il mio vino per la consacrazione, ma non ho avuto fortuna. Quello è il solo alcolico ancora legale. Dovrò sbrigarmi. Ho appena sepolto i miei tesori, e un giorno spero di tornare a riprenderli.»

A quel punto Bella lasciò cadere il taccuino.

«Quali tesori?» gridò Rose mentre la figlia si chinava a raccoglierlo. Dalle pagine era saltato fuori un foglietto di carta che lei recuperò.

«Non lo so», disse Bella spiegando il foglio. Le sfuggì un'esclamazione. «Una mappa! Questa è la mappa della cantina del nonno, ed è datata 1920. C'è l'indirizzo esatto ed è tracciata una X nel punto in cui lui ha sepolto il tesoro! Senti...»

«Sto ascoltando, cara.»

«Il nonno ha scritto una nota in fondo alla pagina.»

Dato che sono costretto a lasciare la città in tutta fretta, a causa dei debiti, non posso portare con me le cose che mi sono care. Le ho quindi seppellite ai confini della proprietà, dietro il vecchio fienile. Un giorno le riprenderò. Ma se qualcuno leggerà queste righe dopo che sarò morto senza essere potuto tornare, le cerchi! Il tesoro nascosto è tutto suo.

«Che sorpresa!» proruppe Bella. «Non aveva mai parlato del tesoro con te o la nonna?»

«È morto inaspettatamente. Era ancora giovane, sai. Diceva sempre che sarebbe tornato in California quando avesse avuto soldi a sufficienza.»

Le due donne rimasero insolitamente in silenzio per un momento.

«Vorrei stare abbastanza bene da poter andare là a scavare», disse infine Rose, scherzando solo a metà.

«Ci andrò io», esclamò Bella. «Devo farlo!»

«Ma il tesoro potrebbe non esserci più, e la cantina appartenere a qualcun altro.»

«E con questo? Escogiterò qualcosa. E se troverò il tesoro, sarà solo tuo e mio.»

«E di Walter, immagino», sospirò Rose scuotendo la testa.

Non aveva mai approvato il marito americano della figlia. I due vivevano nello stato di Washington, e Walter aveva appena perso il suo impiego presso una compagnia aerea. Bella aveva parecchie ragioni per voler andare nella California centrale alla caccia di un tesoro che sperava prezioso.

«Lui verrà con me», decretò.

«E se non volesse?»

«Non ha scelta.»

Tutto questo era accaduto solo quattro settimane prima. Ora, dopo essere riuscita a farsi assumere dai nuovi proprietari della cantina, Bella passava l'intervallo del pranzo alla ricerca di chissà che cosa. Nessuno l'aveva mai sorpresa, né si stupivano del fatto che le piacesse trascorrere il tempo libero passeggiando. Se poi qualcuno l'avesse vista scavare, lei avrebbe spiegato che rivoltava la terra perché, secondo una vecchia leggenda, portava fortuna alla cantina. Pensava che i suoi datori di lavoro fossero abbastanza eccentrici da credere a simili idiozie.

Walter sosteneva di non poterla aiutare per via del mal di schiena. «Se mi piego, vedo le stelle», si era lamentato. Così Bella gli aveva trovato un posto da barista che avrebbe conservato fino a che lei non avesse trovato il tesoro. Quell'impiego li avrebbe fatti apparire più rispettabili, gli aveva detto, ed era meglio che passare le giornate davanti alla TV. Dapprima lui aveva acconsentito riluttante, ma poi aveva scoperto che lavorare in un pub gli piaceva.

«Tu intanto vedi di non farti arrestare», ammoniva la moglie.

Dietro il fienile la terra digradava fino a un ruscello che correva lungo l'intera proprietà. Dopo un'ora e mezzo di scavi, Bella non aveva trovato che polvere, vermi e sassi. Lasciò cadere la pala e si avvicinò al ruscello per tuffare le mani nell'acqua limpida.

«Che bella sensazione», disse ad alta voce. Le stavano venendo i calli, ma benché indolenzite, le sue mani avevano un buon profumo di fresco. Lei non sopportava l'odore intenso delle candele e dell'incenso nel negozio, ma doveva fare buon viso a cattivo gioco. Aveva bisogno di un motivo plausibile per andare lì tutti i giorni.

Dopo qualche istante si rialzò e cominciò a camminare verso la casa principale, ma fatti pochi passi, si rese conto di non avere riposto la pala nel fienile. Oh, be', si disse. Tanto devo tornare domani.

Sorrise. La pala era vecchia. *Chissà se apparteneva al nonno Ward... in questo caso, è mia.*

42

SUBITO dopo la seduta di meditazione Rex si era affrettato a salire in macchina. Benché avesse deciso di rimanere nei paraggi della cantina per aspettare Eddie con «l'amore della sua vita», non poteva fare a meno di sentirsi un animale in gabbia. A preoccuparlo erano i compari di New York. E l'attenzione dei giornalisti nei confronti della coppia Standish-Fields lo aveva reso decisamente ansioso. Se avessero cominciato a frugare nel passato del socio, avrebbero potuto imbattersi nel suo nome... e sarebbero stati guai.

Mentre si dirigeva verso il piccolo villaggio la sua inquietudine cresceva di minuto in minuto. Gironzolò un po', ma dieci minuti gli furono sufficienti per visitare tutti i negozi. Pensò allora di andare a farsi una birra al pub, ma cambiò idea quando vide Regan Reilly scendere da un'auto con altre due persone ed entrare da *Muldoon*. Continuava a pensare a Whitney, legata nella sua jeep. Non preoccuparti, si disse. Non ti prenderanno. Subito dopo il matrimonio chiamerò i suoi da un telefono pubblico perché la rintraccino. E sembra che non si siano ancora resi conto che è sparita.

Entrò in una rosticceria sulla via principale e chiese un sandwich al tacchino con pane integrale. «Anzi, due», disse poi, decidendo di portare qualcosa da mangiare e da bere a Whitney. Avrebbe dovuto anche permetterle di andare in bagno. Il fienile era grande e c'era un vecchio water in un angolo. Lei comunque avrebbe fatto bene a non tentare scherzi.

Non sono una persona cattiva, rifletté. Sto solo cercando di farmi largo in un mondo crudele. Sogghignò mentre prendeva dal frigo due bibite e una bottiglia d'acqua. *È solo che quando la gente mi ostacola...*

«Vuole patatine o sottaceti con i sandwich?» chiese il proprietario del negozio.

«Patatine.»

«Molto bene, signore. E patatine siano.»

«Posso avere due sacchetti?»

«Ma certo. Le auguro di godersi questa splendida giornata.»

«È quello che conto di fare», rispose Rex secco, deciso a scoraggiare altre amenità.

Pagò e uscì. È proprio un posticino grazioso, pensò ammirando le montagne che sembravano stare di sentinella. Molto diverso da Manhattan. Risalì in auto e guidò fino a un minuscolo parco in fondo all'isolato. Mangiò in macchina, con tutti i finestrini abbassati e la radio accesa. Il sandwich era buono, e la bibita fredda e rinfrescante. Finite le patatine, accartocciò il contenitore e lo ficcò nel sacchetto vuoto.

Sulla strada del ritorno decise che la cosa più sicura era parcheggiare vicino alla casa principale e raggiungere il fienile a piedi. Altrimenti, avrebbe potuto suscitare sospetti, attirando un'attenzione indesiderata sulla vecchia costruzione. Proprio quello che non voleva.

Il parcheggio era deserto. Rex prese il sacchetto con le provviste per Whitney e lo attraversò in fretta diretto ai campi. Le file di querce si stendevano a perdita d'occhio. Allungò ancora il passo, pur senza mettersi a correre, nel caso fosse comparso qualcuno. Il fienile era stato costruito alle pendici della montagna e fortunatamente non era visibile dalla casa.

Era appena arrivato quando sentì un suono raschiante provenire dal retro dell'edificio. Il suo cuore perse un colpo. Attese. Dopo qualche istante, non udendo più nulla, scivolò silenzioso verso l'angolo. L'unico rumore era quello delle acque del ruscello. Sporse cautamente la testa. C'erano mucchi di terra rivoltata e una donna se ne stava inginocchiata vicino alla riva!

Non gli fu facile mantenere la calma mentre tornava rapidamente sui suoi passi. Chi è quella? si chiese frenetico, cercando di raggiungere la protezione di un vicino folto d'alberi. E che cosa ci fa lì?

43

REGAN stava tornando alla cantina quando il suo cellulare squillò. Era Jack. La divertì notare che Nora e Luke avevano smesso di parlare non appena si erano resi conto di chi era il suo interlocutore.

«Come vanno lì le cose?» le chiese lui.

«Ci sono stati degli sviluppi. Sono arrivati i miei genitori, che passeranno qui la notte. Devono arrivare anche Lucretia e il suo fidanzato, il che sarà interessante.» Non aggiunse: «Vorrei che tu fossi qui», perché i suoi stavano ascoltando.

«Alla vigilia delle nozze?»

«Pare che il servizio televisivo abbia attirato sulla Standish parecchia attenzione. La donna ha bisogno di rilassarsi.»

«Forse inviterà anche te al matrimonio. Nessuna notizia di Whitney?»

«No. Abbiamo pranzato in paese e ora stiamo tornando alla cantina. Spero che nel frattempo si sia fatta viva.»

«Lo spero anch'io.» Jack si schiarì la gola, segno, come lei sapeva, che stava per dire qualcosa di importante. «Dunque conoscerai il fidanzato di Lucretia. Da quello che ho saputo finora, è un autentico imbroglione.»

«Sul serio?»

«Sì. Il suo primo nome è Hugo, ma lo ha abbandonato dopo aver conosciuto Lucretia. Ora usa il secondo, Edward. Hugo ha un curriculum di tutto rispetto. Nel corso degli anni ha convissuto con svariate donne più anziane di lui, che lo mantenevano. Dieci anni fa ha effettivamente lavorato a Wall Street, ma non è durata. Ha ricoperto alcuni incarichi come esperto di raccolta fondi per certe associazioni di beneficenza, dove finiva sempre per ritagliarsi dei compensi non indifferenti. Ha fatto lo stesso per parecchie società, fra cui quella con cui Lucretia si è arricchita, e ha intascato forti commissioni. Ha svolto anche lavori di facciata: comperava pacchetti azionari, li promuoveva per farne aumentare il valore, poi vendeva prima degli altri. Si definisce un consulente e, dato che è furbo, non c'è niente con cui incastrarlo. Non è mai stato arrestato. La Standish è la sua preda più grossa, e dopo il matrimonio potrà permettersi di andare in pensione. Il suo hobby preferito è il gioco d'azzardo. Speriamo che non perda tutti i soldi della mogliettina ai dadi o ai cavalli.»

Regan sospirò. «Ce ne sono tanti in giro di tipi come lui. È incredibile come riescano a farla franca. E ora, per Hugo, è la volta di Lucretia. Sfortunatamente, non c'è una legge che vieti di sposarsi per soldi.»

«E chi ha voglia di spiegare alla sposa sognante che il suo promesso è un cercatore d'oro?»

«Uccidete l'ambasciatore», rise Regan.

«Be', scommetto che Hugo è ansioso di impalmare Lucretia prima che salti fuori un ambasciatore da uccidere. In California vige il regime di comunione dei beni, e dato che i due sono fidanzati da un paio di giorni appena, dubito che sia stato stilato un contratto prematrimoniale.»

«Gli unici parenti di Lucretia sono i proprietari della cantina, e oggi lei li incontrerà per la prima volta», rifletté Regan ad alta voce.

«Sono sicuro che Eddie preferirebbe non incontrarli affatto. Oh, un'altra cosa. È così che lo chiamano gli amici. Per tutti gli altri è Edward.»

Un nuovo pensiero stava prendendo forma nella mente di Regan. Whitney non era stata dichiarata ufficialmente scomparsa, ma se il suo silenzio non era volontario, era possibile che Edward c'entrasse qualcosa? Sapeva che Lucretia progettava di regalare ai parenti milioni di dollari se si fossero presentati alla cerimonia? «Aspetta che mi trovi con quel tipo davanti a un bicchiere di vino», disse. «'Mi parli di lei, Edward.' Vedrai, sarò dolcissima.»

Jack scoppiò a ridere. «Ho la massima fiducia nella tua capacità di tenerlo sulle spine.»

«A proposito, come procede il tuo caso?»

«Stiamo ancora interrogando l'uomo che aveva cercato di vendere l'opera d'arte rubata. È ovvio che non lavora da solo. Abbiamo ottenuto un mandato di perquisizione, e ora gli agenti sono a casa sua. Speriamo di trovare qualcosa che ci aiuti a individuare i complici. Qualcosa mi dice che è gente pericolosa. Aspetta un momento.»

Regan attese. La sua inquietudine non accennava a placarsi.

Jack tornò all'apparecchio. «Devo scappare. Ci sentiamo più tardi.»

Quando lei ebbe chiuso il cellulare, Nora disse: «Non vedo l'ora di conoscere Lucretia».

«E io il suo fidanzato», aggiunse Luke mentre imboccava la strada sterrata che conduceva alla cantina.

Regan gli allungò un colpetto sulla spalla. «Puoi sempre chiedergli se le sue intenzioni sono serie, papà.»

Quando entrarono nel parcheggio, Lilac si fece loro incontro. «Benvenuti», disse sorridendo. «Siamo felici di avervi qui all'*Altered States*.»

Regan le stava presentando i genitori quando videro Bella tornare dalla campagna.

«Oh, bene», esclamò Lilac guardando nella sua direzione, «è rientrata dalla pausa pranzo. Così può occuparsi lei del negozio, mentre noi andiamo alla reception.»

«Ha sentito Whitney?» le chiese l'investigatrice.

«No.»

«Il conduttore del seminario non ha richiamato?»

«Non ancora.» Lilac non sembrava minimamente turbata. «Secondo Earl, quegli incontri vanno avanti per ore senza intervalli.»

Bella agitò la mano in direzione del gruppo, ma non si fermò ed entrò direttamente nel negozio di candele. Regan notò che era rossa in faccia e con il fiato corto. C'è qualcosa in lei che non so definire, pensò. Poi scrollò le spalle. Al momento la sua maggior preoccupazione era Whitney. Richiamerò il posto dove si tiene il seminario, decise. A quest'ora avranno certamente interrotto il lavoro per il pranzo.

44

La Rolls-Royce di Lucretia viaggiava circondata da ventun motociclette, una scorta degna di un capo di stato. Edward si fingeva a suo agio, ma ogni volta che scorgeva nello specchietto retrovisore il sogghigno malvagio di Big Shot diventava più nervoso. Era sicuro che l'energumeno avesse assunto quella posizione proprio per intimorirlo. Dirt precedeva l'auto e gli altri Saggi della Strada, come si chiamava il gruppo, seguivano in formazione. Fra loro non ce n'era uno che ti avrebbe fatto piacere incontrare in un vicolo buio.

«Non avevi detto che io sono divertente, tesoro?» Gli occhi di Lucretia brillavano maliziosi.

«L'ho detto», assentì Edward, chiedendosi se sarebbe sopravvissuto al fine settimana. Devo chiamare Rex e assicurarmi che non faccia del male a Whitney, pensò in preda al panico. Cominciava a essere davvero preoccupato. In passato aveva commesso parecchie azioni sporche, ma non aveva mai nuociuto fisicamente a qualcuno. La sola cosa a cui mirava era il portafoglio delle sue vittime. Sentì un rivolo di sudore colargli lungo la schiena mentre si rendeva conto con assoluta certezza che non voleva finire coinvolto in reati che mettessero a rischio la vita di un essere umano. Non ora. Soprattutto, non con Big Shot alle calcagna. Sperava con tutto il cuore che Rex lo avesse capito.

«Oh, con tutto questo trambusto non ho ancora chiamato Phyllis», esclamò in quel momento Lucretia. Compose il numero della casa di Beverly Hills e inserì il vivavoce.

Edward attese con apprensione che la cameriera rispondesse.

«Pronto? Casa Standish», disse una voce riluttante.

«Phyllis!» stridette Lucretia. «Oh, mio Dio! Ti ho vista in televisione!»

«Le è dispiaciuto?»

«Niente affatto. Il prato era magnifico. Avresti dovuto mostrare alla giornalista la collezione di foto dei miei anni a Hollywood.»

«Mi scusi.»

«Oh, non importa. Perché sono venuti?»

«Sono ancora qui», bisbigliò Phyllis. «Sono appena andati al furgone per prendere non so cosa. Hanno ricevuto talmente tante chiamate, che vogliono fare un altro servizio sul suo matrimonio. Ho cercato di mandarli via, ma la giornalista ha accennato a un'e-mail di certe sue amiche d'infanzia che sostengono di condividere con lei un segreto.»

«Polly e Sarah!» La voce di Lucretia salì ancora di parecchie ottave.

«Se le ricorda?»

«Naturalmente!»

«Sa di quale segreto si tratti?»

«Sì.» Tutta l'allegria di Lucretia sembrava improvvisamente evaporata.

«È brutto?»

«Immagino che potrebbe essere peggio.»

«Oh, santo cielo. In ogni caso, ho convinto la cronista a consegnarmi l'e-mail in cambio dell'intervista.»

«Dunque non la userà?»

«Non posso dirlo con certezza, ma credo di no. Parte del messaggio è indirizzato espressamente a lei, sa.»

«Che cosa dice?» Il cuore di Lucretia batteva forte.

«Resti in linea.» Phyllis abbassò il volume del televisore e recuperò il foglio che per sicurezza aveva cacciato nella sua borsa. Inforcò gli occhiali e cominciò a leggere.

Cara Lukey,

Lucretia strillò.

Phyllis si azzittì.

«Spiacente», si scusò l'altra. «È passato tanto tempo dall'ultima volta che qualcuno mi ha chiamata così. Continua, per favore.»

Cara Lukey,
ti ricordi di noi? Polly e Sarah? Non credevamo ai nostri occhi quando oggi ti abbiamo vista in televisione. È passato parecchio tempo dall'ultima volta in cui sei apparsa su uno schermo.

«Che maligne!» proruppe Lucretia.

Ma avevi un ottimo aspetto e volevamo congratularci con te per aver trovato un uomo più giovane. Sappiamo che lo hai già fatto in passato! Ricordi quando venimmo a Hollywood per la tua festa di compleanno, il giorno in cui crollò il mercato azionario? Che serata fu. Rammenti il patto che stringemmo proprio quella sera? Siamo sicure di sì. È un peccato che da allora ci siamo viste così poco. Ti sei allontanata da noi. Diversamente da te, ci siamo sposate una volta soltanto, ma ora i nostri mariti sono morti e abbiamo pensato che vivere insieme sarebbe stato più divertente che dondolarci da sole sulle nostre sedie.

I momenti che ricordiamo con maggior affetto sono quelli di noi ragazzine che andavamo al cimitero dietro la cantina di tuo padre. Allora credevamo di sapere già come sarebbe stata la nostra vita, vero? Ne abbiamo discusso a lungo.

Dopo averti vista, oggi, ci siamo chieste cosa penserebbe la gente se sapesse del patto stretto la sera della tua festa. Abbiamo riso un bel po'.

Lucretia strillò di nuovo.

«Manca solo una riga.»

«E dice?»

Ci piacerebbe che tu ti facessi viva.

«Qual è il loro numero?» chiese in fretta l'anziana signora.

«Non ne ho idea. C'è solo un indirizzo di posta elettronica.»

«Dove vivono?»

«Non dicono neppure questo. Oh, credo che sia tornata la giornalista.»

«Dille che può avere qualsiasi cosa.»

«Prego?»

«Non voglio che contatti quelle due. Passamela.»

«D'accordo.» Phyllis porse la cornetta a Lynne, ferma al suo fianco.

«Salve, Lucretia», attaccò la giornalista con un tono di falsa cordialità che irritò la sua interlocutrice. «Non immagina quanta gente sia interessata a lei. Sembra che non ne abbiano mai abbastanza di questa storia.»

«Molto lusinghiero», rispose la Standish costringendosi a parlare con calma. «Stiamo andando alla cantina dei miei nipoti, a nord di Santa Barbara, per una piccola riunione di famiglia prima del matrimonio.» Abbassò la voce. «Non immaginerà mai quello che sta succedendo.» Sapeva di dover dare in pasto qualcosa a Lynne per distogliere la sua attenzione da Sarah e Polly.

«Che cosa?»

«Viaggiamo scortati da ventun motociclisti. E domani verranno tutti al ricevimento.»

«Che bel colpo d'occhio!» Lynne era eccitata. «Dove li avete conosciuti?»

«In una tavola calda lungo la strada.»

«Mi piace! Quello che davvero vorrei è far riprendere il vostro arrivo da una troupe della nostra affiliata di Santa Barbara. Spero solo che facciamo in tempo.»

«Ci mancano ancora almeno tre quarti d'ora», disse Lucretia. «Pregherò Edward di rallentare.»

Lynne rise. «Fantastico! Le dispiace se faccio un salto anch'io? Mi piacerebbe molto intervistare i suoi parenti.»

«Perché no? Più siamo, meglio è.»

«Magnifico.»

«Phyllis le dirà dove si trova la cantina. Può ripassarmela?»

«Naturalmente.»

«Eccomi», fece Phyllis.

«Dammi l'indirizzo e-mail. Voglio mettermi in contatto con quelle due. Userò il portatile o portabile o come diavolo si chiama, insomma il computer piccolo di Edward.»

Il quale trasalì, poi finse un colpo di tosse.

Sullo sfondo, si udì la reporter che parlava al cellulare tutta eccitata con il suo capo. «Le secca se le chiedo di quale patto si trattava?» bisbigliò Phyllis a Lucretia.

«Certo che mi secca! L'indirizzo.»

Quando lei riappese, Edward le prese la mano. «Tutto questo parlare di segreti. A me lo dirai, vero?»

«No! È una cosa da ragazze. So che è sciocco, ma non voglio che lo sappia nessuno.» Lo guardò sbattendo le palpebre. «E poi, tutti abbiamo diritto a qualche piccolo segreto, non credi?»

Oh, sì, pensò lui. Altro che piccolo. Tu non puoi nemmeno immaginare.

45

Dopo aver passato quattro ore a insegnare ai suoi studenti ad attingere ai loro poteri creativi e a scoprire il loro carisma, Norman si sentiva soddisfatto. Erano un buon gruppo. Come sempre, ce n'erano un paio che cercavano di accaparrarsi tutta l'attenzione. Capitava in ogni seminario. Una volta aveva letto che, quando si mettevano insieme un certo numero di individui, finivano per emergere alcuni tipi di personalità. Chi si comportava da leader in un gruppo poteva assumere un ruolo secondario in un contesto diverso, ma in un modo o nell'altro tutti i ruoli venivano ricoperti. Era quasi una legge di natura. I taciturni non mancavano mai, così come di solito saltava fuori il pagliaccio di turno.

«Va bene, adesso facciamo una pausa», annunciò. «Il pranzo è pronto in casa. Riprendiamo tra un'ora.»

Quasi tutti i partecipanti optarono per il pranzo in comune, dato che si trovavano in una località isolata e il costo di iscrizione includeva i pasti e il pernottamento. Norman aveva ricavato due dormitori nel seminterrato. Il seminario non terminava prima di mezzanotte, e lui preferiva che gli allievi si fermassero lì a dormire insieme;

ciò contribuiva a consolidare il lavoro svolto durante la giornata per infrangere le barriere e le difese individuali, e a renderli consci del privilegio di avere i propri spazi privati. Un elemento che poteva aiutarli come attori.

«Siate sempre consapevoli di tutto quello che vi circonda», diceva loro. «Quando vedete qualcuno, guardatelo realmente. Assaporate il cibo che state mangiando. Sforzatevi di ricordare come ci si sente quando si ha caldo, freddo o si è esausti. Andate in profondità.»

Immerso nelle sue riflessioni, l'uomo attraversò il cortile diretto verso casa.

«Norman?»

Lui si voltò. Era Adele, una degli affamati di attenzione. Con la chioma rosso fuoco, aveva un bel corpo ed esibiva un top succinto che lasciava ben poco all'immaginazione. Le lunghe gambe erano fasciate da un paio di jeans firmati.

«Sì?» rispose stancamente.

«Sento di avere un problema.» La ragazza aveva messo il broncio. «La mia creatività sta supplicando di venire liberata, ma è tutta bloccata qui.» Si portò le mani al petto.

Santo cielo, pensò Norman. Dubito che ci sia qualcosa di bloccato in te. «Ci lavoreremo dopo pranzo», le assicurò.

Lei gli afferrò il braccio mentre socchiudeva gli occhi. «Grazie. Credo che questa mattina abbia già cambiato la mia vita.»

«Molto bene», borbottò frettolosamente l'uomo. «Non vai a mangiare?»

Adele riaprì gli occhi. «Seguo una dieta particolare, così ho portato quello che mi serve. Ora vado a prenderlo.»

«Ah, benissimo.» Norman si affrettò ad allontanarsi. Sono sempre i meno dotati a complicare le cose, si disse.

Sapeva che Whitney Weldon non era fra quelli, e il suo mancato arrivo lo aveva deluso. Entrò in casa cercando di decidere se chiamarla o meno. Alcuni partecipanti si stavano già servendo al buffet e vide Ricky in piedi vicino alla porta della cucina.

«Ehi, amico.» Norman gli tese la mano. «Come ti senti?»

«Meglio, così ho pensato di fare un salto qui.»

«Vuoi qualcosa da mangiare?»

Ricky scosse la testa. «Ho lo stomaco ancora un po' in disordine. Per caso hai del ginger ale?»

«Certo.» Norman estrasse due lattine dal frigo. «Vieni, andiamo nel mio ufficio.»

Percorsero il corridoio oltrepassando le camere da letto ed entrarono in una stanza confortevole con le pareti rivestite di librerie alte fino al soffitto e un'ampia finestra che si affacciava sul prato. Su una grande scrivania di legno campeggiavano computer e stampante, e di fronte alla finestra c'era un divano imbottito. I due si sedettero e aprirono le lattine.

«Vuoi un bicchiere?»

«No», rispose Ricky. «Va bene così.»

Norman bevve un sorso. «Whitney Weldon non si è fatta vedere.»

L'amico parve sorpreso. «Davvero?»

«Sì. Anch'io sono rimasto stupito. Le ho parlato ieri e ha già pagato l'iscrizione con la carta di credito. Sono un bel po' di soldi da buttare via.»

«L'hai chiamata?»

«Avevo intenzione di farlo, poi ho deciso di aspettare fino all'ora di pranzo per vedere se arrivava.»

Squillò il telefono.

«Scommetto che è Dew», disse Norman alzandosi.

«Sta lavorando alla radio.» Sollevò la cornetta. «Pronto... Ciao, tesoro... Sì, tutto bene... Cosa...? Gli incendi si stanno espandendo e forse ci sarà un ordine di evacuazione? Sarà meglio che informi subito i miei allievi... Chiamami sul cellulare nel pomeriggio se sai qualcosa di più, lo terrò acceso. Ci sentiamo dopo, piccola.»

«Che succede?» volle sapere Ricky.

«È a causa della siccità. Gli alberi sono secchi e tutta la regione è a rischio. Sono scoppiati degli incendi a nord, che si stanno propagando. Le più minacciate sono proprio le case in montagna. È una brutta situazione. Voglio dirlo ai ragazzi, così possono decidere se ripartire subito.»

Uscirono in fretta dalla stanza, e Norman non notò il foglietto con il messaggio che la cameriera gli aveva lasciato vicino al computer.

Gli allievi stavano mangiando nel grande tinello adiacente alla cucina. Alcuni avevano preso posto sui divani; altri sedevano a gambe incrociate sul pavimento.

«Mi ha appena chiamato la mia ragazza», annunciò Norman. «Lavora alla radio giù in città. Tutta la zona è interessata da incendi che si stanno propagando. Potremmo essere costretti a evacuare.»

Si levò un'esclamazione collettiva di sorpresa.

«Se qualcuno desidera andarsene ora, potrà partecipare al prossimo seminario. Voglio che facciate quello che ritenete più opportuno, ma naturalmente devo sottolineare il fatto che l'evacuazione non è affatto certa. La mia ragazza mi terrà informato; terrò acceso il cellulare durante la sessione pomeridiana e se le cose dovessero volgere al peggio, lo sapremo subito.»

Il suo cellulare squillò proprio in quell'istante. Norman rispose e rimase in ascolto. Scosse la testa più volte prima di concludere la conversazione.

«Bene, allora è deciso. I vigili del fuoco vogliono andare sul sicuro. Gli incendi non sono ancora arrivati fin qui, ma sono troppo vicini perché si possa stare tranquilli. Dobbiamo evacuare l'area. Tornate tutti a casa.»

«Oh», gemette Adele, «pensavo che oggi pomeriggio avrei risolto il mio problema.»

«Sarà per la prossima volta», la liquidò Norman. Poi si rivolse a Ricky: «Vuoi venire alla stazione radio con me?»

«Certo.»

Per il momento Whitney Weldon era stata dimenticata.

46

CHARLES Bennett non aveva chiuso occhio per tutta la notte. La sera prima stava guardando la televisione quando si era imbattuto nel servizio sull'imminente matrimonio di Lucretia con quel gigolò. Il solo pensiero lo faceva star male. Era talmente ovvio che a Edward Fields interessavano solo i suoi soldi! Poco importava se le aveva dato un buon suggerimento finanziario con quella società punto-com. Un giorno, mentre chiacchieravano vicino alla staccionata che divideva le loro proprietà, lei gli aveva confidato che era decisa a uscirne finché il valore delle azioni era ancora alto, e che nessuno sarebbe riuscito a dissuaderla. Fosse stato per Fields, ragionava Charles, ci avrebbe rimesso tutto, proprio come era successo agli investitori meno lungimiranti.

Lucretia era in gamba, pensava. E così piena di vita. Da quando sua moglie era morta, cinque anni addietro, lui si era accontentato di dedicarsi al giardinaggio. Uscire con altre donne non gli interessava.

«Non alla mia età», diceva a chi cercava di combinargli un appuntamento. Ricordava chiaramente come, da giovane, avesse odiato la fase del corteggiamento. Aveva lavorato con regolarità come attore a Hollywood fin da quando aveva poco più di vent'anni, e spesso aveva avuto la sensazione che quello fosse il solo motivo per cui le ragazze si interessavano a lui. Quando aveva finalmente conosciuto la donna che sarebbe diventata sua moglie, aveva tirato un sospiro di sollievo. Sapeva di avere trovato quella giusta. Era successo cinquantasette anni prima, e da allora le era rimasto fedele.

Ciononostante, gli sarebbe piaciuto invitare Lucretia a cena quando lei si era trasferita nella casa accanto alla sua. Ma non appena avevano cominciato a parlare in giardino era arrivato quel tipo viscido, che l'aveva chiamata «tesoro». Da quel momento, quando c'era in giro Edward, Charles se ne stava alla larga.

Quella mattina si era alzato già stanco per la nottata insonne ed era andato in città a sbrigare alcune commissioni e a comperare un regalo di nozze per Lucretia. Al ritorno aveva notato il furgone di un'emittente televisiva parcheggiato davanti a casa di lei, mentre gli addetti al catering stavano disponendo i tavoli sul retro. Charles non aveva ancora deciso se partecipare o meno al matrimonio. Quella faccenda non gli piaceva affatto. Intuiva che per la sua vicina si preparavano tempi difficili; non solo, era preoccupato: chi diavolo poteva dire di cosa era capace l'individuo che lei stava per sposare?

Era curioso di sapere il parere di Phyllis. Aveva lavorato in quella casa come cameriera per più di vent'anni, e Charles l'aveva vista parecchie volte in occasione delle feste organizzate dagli Howard, i precedenti proprietari. Che coppia quei due, rise ora fra sé. Non avevano battuto ciglio neppure quando, durante una di quelle serate, Phyllis aveva messo sotto assedio il produttore di un concorso a premi supplicandolo di invitarla a partecipare.

L'uomo aveva dovuto spiegarle con dovizia di particolari che non poteva farlo dato che la conosceva personalmente e, dopo gli scandali degli anni Cinquanta, i regolamenti erano diventati molto severi in proposito.

Charles si preparò una tazza di tè e andò a sedersi in sala da pranzo con il giornale. Lesse i titoli di testa, ma la sua mente continuava a tornare a quello che stava succedendo nella casa accanto. L'auto di Lucretia non c'è, considerò alla fine. Potrei fare un salto lì, lasciare il regalo e vedere se riesco a scambiare due parole con Phyllis. Indurla a dirmi come la pensa. Non che io possa fare niente al riguardo, ma mi piacerebbe provarci.

47

REX rimase nascosto per qualche minuto dietro una grossa quercia, spiando la donna che aveva scorto sul retro del fienile. La osservò incamminarsi lentamente verso la casa. Quando finalmente poté vederla meglio, la riconobbe: era la commessa del negozio di oggettistica! Lui ci aveva fatto un salto prima di andare alla seduta di meditazione.

Ma perché quella stava scavando per terra? Probabilmente cercava un osso, pensò ironico. In fondo era l'ora della pausa pranzo. No, non era una bella novità, decise. Se la donna avesse scoperto Whitney, il suo piano sarebbe andato a monte.

Altre ventiquattr'ore, calcolò. Ventiquattror'ore, e poi sarà tutto finito. Ormai certo che nei pressi non ci fosse più nessuno, spiccò la corsa verso il fienile, entrò in fretta e chiuse la porta dietro di sé. Lì indugiò un istante, con il cuore che gli martellava nel petto. Dall'angolo dov'era posteggiata l'auto arrivavano dei tonfi. Non riusciva a crederci! Whitney doveva essere impazzita: era ovvio che stava cercando di attirare l'attenzione.

Furioso, Rex si precipitò ad aprire una portiera posteriore della jeep.

«Piantala», ringhiò. «Mi fai incavolare, e di sicuro non ti conviene.»

Whitney si immobilizzò.

«Vengo carinamente a portarti qualcosa da mangiare, e guarda che cosa combini!»

Tutto il corpo della ragazza si tese. Sentiva che l'uomo era nervoso e che in quello stato d'animo poteva diventare pericoloso. Non era il caso di contrariarlo.

«Ecco qui un panino», riprese lui. «E non so se lo sai, ma c'è un piccolo bagno nello sgabuzzino in fondo. Non sarà lussuoso, ma qualcosa mi dice che lo apprezzerai. Prova a fare uno scherzo e ti sparo, poi ammazzo tutta la tua famiglia. Mi hai capito?»

«Non ho bisogno di andarci.» A dispetto del bavaglio, Whitney riuscì a sputare fuori quelle poche parole. Non ce l'aveva fatta a trattenersi. Se l'uomo pensava di poter insultare la sua dignità standole addosso mentre lei usava il bagno, si sbagliava di grosso. Era contenta di non aver bevuto nulla, quel mattino.

«Un vero e proprio cammello», si stupì lui. «E irritabile, per di più. Be', immagino che tu non voglia neppure il tuo pranzo.» Gettò il sacchetto sul sedile posteriore. «Allora prova un po' a mangiare con le mani legate.»

Trattenendosi dallo sbattere la portiera, Rex si affrettò a lasciare il fienile. Si diresse verso il ruscello, con l'intenzione di tornare alla casa padronale per un'altra strada. Avrebbe risalito la collina, per scendere molto più vicino. Se qualcuno lo avesse notato, avrebbe pensato che lui arrivava da tutt'altra direzione.

Una cosa era certa: voleva andarsene da quel posto il più presto possibile. Avrebbe scambiato due parole in privato con Eddie, poi se la sarebbe filata. Se la commessa del negozio avesse scoperto la prigioniera, lui sarebbe finito in grossi guai, e ne aveva già a sufficienza. Rex ne sapeva anche troppo di polizia e procedure giudiziarie. Se avessero trovato Whitney, avrebbero potuto accusarlo di sequestro di persona. La ragazza non lo aveva mai visto in faccia, ma era molto probabile che lui avesse lasciato delle fibre di tessuto nell'abitacolo della jeep. Doveva parlarne con Eddie. E lo avrebbe messo in guardia anche da Regan Reilly. L'aveva sorpresa a osservarlo di soppiatto durante la seduta di meditazione; quella donna era una maledetta ficcanaso.

Aveva cominciato a sudare. Quello che inizialmente era sembrato un lavoretto facile facile si stava rivelando un affare maledettamente complicato. Chi poteva immaginare che quel fine settimana Eddie sarebbe finito in televisione a livello nazionale? Chi poteva prevedere che i famigliari di Whitney avrebbero ingaggiato un investigatore privato per rintracciarla? E che un'idiota che lavorava alla cantina si sarebbe messa a scavare dietro il fienile dove lui aveva rinchiuso la sua vittima?

Arrivato in cima, Rex percepì un vago odore di fumo. Aveva sentito dire che erano scoppiati degli incendi sulle colline a nord. Abbassò lo sguardo sul fienile, che si ergeva isolato rispetto agli altri fabbricati del borgo. Se il fuoco fosse arrivato fin lì, quello sarebbe stato l'ultimo edificio di cui qualcuno si sarebbe preoccupato, ragionò. Conteneva solo un mucchio di cianfrusaglie e i proprietari sarebbero stati felici di liberarsene.

«Mi dispiace, Whitney», disse ad alta voce. «Ho proprio la sensazione che non ce la farai ad andare al matrimonio della zia Lucretia. E forse a nessun altro. Vorrei davvero poterti dare una mano.» Poi si girò, giurando a se stesso che non avrebbe più posato gli occhi sul fienile e su quella testarda ragazza.

48

NELL'APPARTAMENTO del trafficante d'arte da poco catturato, nel Lower East Side, gli agenti investigativi della polizia di New York stavano raccogliendo prove. Avevano confiscato un computer, un'agenda, carte personali, la segreteria telefonica e il dispositivo per l'identificazione delle chiamate, contenente le ultime cento telefonate fatte a quel numero. Un primo rapido esame rivelò numerose chiamate partite da cellulari nell'area di New York.

Tutte le telefonate erano state effettuate nel corso dell'ultima settimana.

«Non vedo l'ora di stabilire a chi appartengono questi numeri», dichiarò un agente.

In un armadio a muro trovarono passamontagna e attrezzi da scasso, ma anche dipinti, orologi antichi, arazzi, ceramiche, argenteria e cristalleria... il tutto ovviamente rubato.

«Fa piacere incontrare qualcuno che ha buon gusto», brontolò un altro degli uomini della squadra.

«Be', e questa non è carina?» esclamò in quel momento il responsabile dell'operazione. Aveva in mano una fotografia che fino a quel momento era rimasta parzialmente nascosta dietro un assortimento di ninnoli e cianfrusaglie che invocavano spazio.

«Di che si tratta?» chiese il compagno.

«Di un delizioso quartetto, ma non hanno i cappelli e i papillon uguali, bensì i tatuaggi. Guarda.»

«Bontà divina.»

Quattro uomini che non sembravano esattamente pilastri della società si tenevano le magliette alzate sull'addome. Evidentemente la foto era stata scattata in un locale dopo che il quartetto si era fatto qualche bicchiere di troppo. Tutti esibivano, poco al di sotto dell'ombelico, un tatuaggio raffigurante un teschio e due tibie incrociate.

«Sexy, eh? Qualcosa però mi dice che a unire l'allegra compagnia non sono solo le bevute e i tatuaggi.»

49

«È BELLISSIMO», commentò Nora con aria ammirata quando entrarono nel salone.

Lilac era compiaciuta. «Grazie. Amiamo questo posto.»

«Regan ci ha detto che non è molto tempo che voi lo gestite.»

«No, infatti.»

«Non mi ero resa conto di quanto fosse diventata nota la zona per le sue cantine.»

Lilac rise. «Il mondo ha appena cominciato a scoprire le cantine della costa centromeridionale. E ogni giorno ne spuntano di nuove. Alcune erano già attive tra la fine dell'Ottocento e gli inizi del Novecento, prima che i proprietari fossero costretti a chiuderle a causa del Proibizionismo, e questa è una di quelle. È stato solo nel 1962 che è stata riaperta la prima cantina nella contea.»

«Il clima è perfetto, il panorama mozzafiato e non si è troppo lontani da Santa Barbara... né da Los Angeles, se è per questo. Così vicini all'oceano e con le montagne praticamente in cortile.» Nora si rivolse al marito. «Forse dovremmo comperare una casa qui.»

Luke le passò un braccio intorno alle spalle. «È quello che dici ogni volta che ti innamori di un posto che visitiamo.»

«Lo so.»

Regan aiutò i genitori a portare i bagagli in camera. Lilac aveva assegnato loro un'ampia e luminosa stanza d'angolo.

«Sembra quasi che avesse previsto il vostro arrivo», commentò l'investigatrice. «La mia è molto più piccola.»

«Noi paghiamo di più», le fece notare Luke.

«Be', mi chiedo quale abbia destinato a Lucretia.» Regan si sedette su una poltroncina e diede un'occhiata al suo orologio. Erano le due passate da poco. «Che cosa avete voglia di fare, oggi pomeriggio?»

«Lilac ha proposto di ritrovarci tutti sulla terrazza posteriore per bere un bicchiere di vino alle cinque», replicò Nora. Si voltò verso il marito, già sdraiato sul letto. «Sei ansioso di andare a fare un giro, tesoro?»

«In realtà al momento sto benissimo qui.»

La donna sorrise. «Un sonnellino non dispiacerebbe neanche a me, e dopo potremmo fare due passi qui intorno.»

«Il negozio di oggettistica è di là della strada», intervenne Regan. «E sono sicura che Earl sarebbe felicissimo di meditare con voi due.»

«No, grazie», si affrettò a rispondere Luke.

La figlia rise mentre si alzava. «Lo immaginavo. Quanto a me, nel frattempo cercherò di mettermi in contatto con Whitney. Sua madre non è preoccupata, ma io sì. Allora rilassatevi un po'. Io sarò nei paraggi.»

Il rombo di una ventina di motociclette infranse la quiete della stanza. I tre sussultarono. «Che cos'è stato?» esclamò Nora.

«Non lo so!» Regan corse alla porta e uscì, tallonata dai genitori. Evidentemente in preda al panico, Lilac si era già precipitata fuori dalla porta principale, lasciandola spalancata.

Nel parcheggio, la banda di motociclisti circondava una Rolls-Royce.

«Mamma, papà... credo che sia arrivata Lucretia.»

50

Il sabato, a Polly e Sarah piaceva raggiungere il centro di San Luis Obispo, che durante i fine settimana brulicava di studenti della California Polytechnic State University. A trentacinque chilometri dalla costa, era una graziosa cittadina annidata fra verdi colline ondulate. Le due donne erano cresciute in quella zona, e in vecchiaia avevano deciso di tornare a «vivere nella città da cui proveniamo e dove, nel 1925, è stato inventato il motel», come solevano dire.

Ci si potrebbe chiedere perché amassero andare in centro proprio il sabato, quando in giro c'era così tanta gente. La verità era che entrambe trovavano eccitante la vista di quei giovani seduti a chiacchierare vivacemente nei locali all'aperto, o che andavano su e giù per le strade bordate da alberi lungo cui si allineavano i negozi.

«Il sabato la città è più viva», sostenevano. «E anche il giovedì sera, quando c'è il mercato.»

Avevano dato un'occhiata alla posta elettronica prima di colazione, ma da parte di Lucretia non era ancora arrivata una parola.

«Credi che deciderà di ignorarci?» chiese Polly.

Sarah ci rifletté un attimo mentre sorseggiava il caffè in cucina. «Penso di no. Dopotutto, le abbiamo scritto solo ieri sera. Potrebbe non aver ancora ricevuto l'e-mail. Dici che dovremmo provare a chiamarla? È probabile che il suo numero figuri nell'elenco di Beverly Hills.»

«Niente affatto! Se non vuole mettersi in contatto con noi, peggio per lei. E se quelli della televisione vogliono venire a chiederci del nostro segreto, che lo facciano pure.»

«Polly! Sei cattiva», ridacchiò Sarah addentando uno dei muffin alle more. Li aveva infornati il giorno prima. I miei sono decisamente più buoni, pensò, anche se Polly a volte insiste per prepararli lei, e non usa mai il misurino. Una cosa che la faceva diventare pazza.

Dopo colazione raggiunsero la città in auto, con Sarah al volante. Polly aveva smesso di guidare. Parcheggiarono, sbrigarono le loro commissioni e finalmente approdarono nel loro locale preferito per il pranzo. Si accomodarono all'aperto, in modo da poter osservare il passaggio. Era una bella giornata, come accadeva spesso da quelle parti e le due amiche sedevano a un tavolo d'angolo, vicino al chiosco dei giornali. Sarah era proprio davanti allo schieramento di riviste e quotidiani. Lanciò un'occhiata alla prima pagina di un giornale locale appeso a un gancio.

«Accidenti», mormorò.

«Che c'è?» fece Polly. «Vuoi cambiare posto?»

«Cielo, no.» Sarah balzò in piedi. «Torno subito.» L'area dei tavolini era delimitata da una bassa ringhiera, e lei fu costretta a rientrare nel ristorante per uscire dalla porta principale.

«Dove stai andando?» esclamò Polly quando l'amica le passò davanti.

Sarah la ignorò. Al chiosco, comperò una copia del *Luis Says,* il più vecchio giornale locale, che ora era di proprietà di Thaddeus Washburne Junior, il settantenne figlio del fondatore. Il titolo in prima pagina recitava: LA NOSTRA LUCRETIA STANDISH TORNA ALLA RIBALTA.

Nell'angolo a sinistra campeggiava una piccola foto dell'anziana attrice.

Sarah pagò il giornale e tornò a sedersi al tavolo, trafelata per lo sforzo.

«C'è qualcosa che vuoi leggere?» chiese Polly rassegnata ad aspettare che l'altra si riprendesse. Sapeva che a volte poteva essere terribilmente eccitabile.

«Che cosa c'è?» ripeté dopo un po'.

«Un articolo su Lucretia.»

Polly si protese in avanti. «Che cosa dice?»

L'altra voltò pagina. «Oh, Signore!»

«Che cosa?»

Sarah muoveva le labbra mentre leggeva, e non rispose.

Con un sospiro, Polly tornò ad appoggiarsi allo schienale della sedia. Ci arriveremo, si disse. A tempo debito.

Sarah scosse la testa e tornò a voltare pagina.

«Oh, Signore!»

«Che cosa, insomma?»

«C'è una foto di noi tre che balliamo a quella festa sulla spiaggia.»

«Fammi vedere.» Polly le strappò il giornale di mano. La foto che le raffigurava mentre lanciavano le gambe in aria era proprio al centro della pagina e la didascalia diceva: «Lucretia Standish e due sue amiche non identificate danzano al Festival by the Beach, 1919 circa.»

«Non identificate?» sbottò Polly. «Com'è possibile che non conoscano i nostri nomi?»

«Ma dove hanno preso questa foto? Non credo di averla mai vista.»

Polly cominciò a leggere. «Non dice nulla di nuovo», si affrettò a informarla Sarah. «Chiediamo il conto e passiamo dalla redazione del giornale. Tanto vale che ci presentiamo, così potranno correggere la didascalia.»

«Tu sei tutta scema.»

51

Era stata una brutta giornata per Frank e Heidi. Avevano incontrato altri due potenziali finanziatori, e solo uno di loro aveva firmato un assegno per mille miserabili dollari.

«Non servono neanche a pagare il conto del bar», si lamentò Heidi. «Siamo in mezzo al fiume, Kipsman, e senza pagaia.»

Procedevano lungo la 101 in direzione nord, diretti all'*Altered States*. Frank ancora non si capacitava del fatto che stessero recandosi proprio alla cantina della famiglia di Whitney, e ovviamente non osava farne cenno a Heidi. Si era reso conto che Lucretia Standish doveva essere in qualche modo imparentata con Whitney e chissà, forse quella donna sarebbe stata disposta a investire nel film, dato che la ragazza vi recitava un ruolo importante.

Due cose, però, lo preoccupavano. Sarebbe stato imbarazzante per Whitney scoprire che la produzione aveva chiesto soldi proprio a uno dei suoi parenti? E poi c'era l'altra, più importante questione: il suo silenzio. Dov'era finita? Per lui sarebbe stato comunque impossibile rispondere a una sua chiamata davanti ad Heidi, ma aveva controllato il cellulare più volte e Whitney non aveva neppure tentato di mettersi in contatto. Era arrabbiata per qualche motivo? E se anche lei quel giorno avesse deciso di andare alla cantina?

«È una buona sceneggiatura, non credi?» Heidi era in cerca di rassicurazioni.

«È un'ottima sceneggiatura e sono convinto che il film sia un potenziale successo.» Frank esitò. Forse doveva avvertirla, pensò, perché a volte, quando si trattava del film, Heidi tendeva a esagerare. Non che mentisse; ma si allargava troppo. Si sarebbe sentita una sciocca quando avesse scoperto che Whitney era imparentata con quella gente. Era meglio prepararla. Così avrebbe potuto accennare al talento di Whitney, e a quanto fosse importante il film per la sua carriera... tutte cose vere. «Quale hai detto che è il nome della cantina?» chiese con aria innocente.

Heidi consultò i suoi appunti. «*Altered States*.»

«Mi suona familiare», riprese lui. «Dov'è che l'ho già sentito? Hmmm, ma sì, è la cantina della famiglia di Whitney Weldon.»

«Cosa? La cantina è dei suoi?» Heidi lo scrutò sospettosa, poi lanciò un'altra occhiata agli appunti. «Un momento! La Standish ha detto che andava lì a trovare i nipoti. Questo significa che le due sono parenti.» Un enorme sorriso le si dipinse sul volto. «Forse non sarà così difficile convincere la vecchia a finanziarci.»

«Speriamo.» Frank accese la radio. Lo turbava ancora la sgradevole sensazione che la sua fidanzata fosse nei guai. Be', pensò poi, se è così, lo scoprirò presto.

Heidi, tuttavia, non aveva ancora finito. «Quand'è che Whitney ti ha parlato della cantina?»

Ecco che ci risiamo, si disse Frank. Avrebbe voluto che

la sua micidiale curiosità non si accanisse proprio su quell'argomento. Per un certo verso, Heidi era un ottimo produttore, e lavorare con lei non era male. Se solo avesse trovato il modo di farle capire che fra loro non poteva esserci niente di sentimentale. «Alla prima audizione», rispose.

«E come è saltato fuori?»

Frank sospirò. «Le ho detto che Whitney Weldon era un buon nome per un'attrice e lei ha riso, rispondendo: 'Che ne pensi di Freshness Weldon?'»

La donna fece una smorfia. «Freshness?»

«Sua madre era una hippy e la chiamò in quel modo perché l'aria era fresca la mattina in cui nacque. Poi Whitney ha aggiunto che la sua famiglia possedeva una cantina, a cui avevano dato il nome di *Altered States*. Un'altra idea della madre.» Rise. «È stata piuttosto divertente, sai.»

«Che carina», fece secca Heidi. «Strano che ti sia ricordato del nome solo adesso. Mi sembra che tu rammenti molto bene l'aneddoto di Whitney.» Estrasse il cellulare. «Devo parlare con la mia assistente.»

Vedendo che lei aveva mollato la presa, Frank tirò un sospiro di sollievo. Freshness, pensò, è davvero perfetto per la mia Whitney. È così che la chiamerò d'ora in poi, e lei riderà in quel suo modo accattivante.

Moriva dalla voglia di rivederla.

52

«SE lo racconti non ci crede nessuno», bisbigliò Nora mentre osservavano dalla soglia della locanda Lucretia emergere dall'auto come la stella del cinema che era un tempo, salutando con la manina delicata la piccola folla di curiosi.

Earl era nel pieno di una seduta quando erano arrivati i motociclisti. Inutile dirlo, la pace e tranquillità nella stanza evaporarono in un istante, e le sue parole su come la meditazione fosse la via per l'illuminazione furono presto dimenticate dagli allievi, che a uno a uno saltavano su dai materassini e si affrettavano a uscire.

«Calmi, calmi», tentò di fermarli inutilmente lui. «Se non puoi batterli, unisciti a loro», borbottò poi fra i denti mentre correva a sua volta verso la causa di tanta agitazione. Un momento dopo erano tutti fuori e guardavano stupiti la banda dei Saggi della Strada. Una troupe televisiva stava riprendendo tutto: i centauri, Lucretia che scendeva dalla Rolls, nonché le reazioni delle persone che uscivano dalla sala di degustazione e dal centro di meditazione.

«Ed ecco il futuro signor Standish», disse Regan quando Edward Fields fece capolino dalla macchina con indosso un paio di occhiali scuri che gli coprivano mezza faccia. Pareva reduce da un intervento di blefaroplastica. «Andiamo», aggiunse rivolta ai genitori.

Schierati l'uno a fianco all'altro, Lilac, Earl e Leon accoglievano con il dovuto rispetto la zia mai conosciuta. Il suo promesso sposo se ne stava un po' in disparte, come un autentico principe consorte. Quanto ai motociclisti, erano smontati di sella togliendosi i caschi; sembravano avere tutta l'intenzione di restare. Regan ebbe addirittura l'impressione che un paio di loro si facessero belli davanti alla telecamera.

«Che scena», commentò a bassa voce rivolta ai suoi genitori. Lilac fece loro cenno di raggiungerla.

«Vi presento Lucretia e Edward», disse la donna.

Nora e Luke strinsero la mano all'anziana signora.

«Nora Regan Reilly, la scrittrice?» chiese questa. «Ho letto tutti i suoi libri!»

«Grazie.»

«E lei è Regan Reilly», riprese Lilac. «Fa l'investigatrice privata. L'avevamo ingaggiata perché ci aiutasse a trovare Whitney, che era partita per il fine settimana prima di venire informata del tuo matrimonio.»

«E l'avete trovata?» chiese Lucretia in tono vivace.

«È tornata inaspettatamente ieri sera. Oggi è andata a un seminario di recitazione, ma domani ci sarà.»

«Meraviglioso. Non vedo l'ora di parlare con lei del suo lavoro.»

A Regan, Lucretia piacque istintivamente. Le ricordava un fragile uccellino traboccante di energia. Non si stupì di provare invece un'immediata avversione per il suo promesso mentre gli stringeva la mano. Quell'uomo aveva il palmo umido e la sua stretta era debole. «Lieta di conoscerla. Edward, vero?»

«Sì», rispose lui fissando un punto lontano.

Detesto la gente che si comporta così, pensò Regan mentre si voltava a vedere che cosa avesse catturato la sua attenzione. Don Lesser era appena emerso dal vigneto. Il suo tatuaggio con il teschio e le tibie incrociate, si scoprì a pensare, non poteva neanche lontanamente competere con quelli esibiti dai motociclisti.

«Questi simpatici ragazzi ci hanno scortati fin qua.» Lucretia agitò la mano verso il gruppo. «Domani verranno al matrimonio. E Dirt mi ha fatto fare un giro sulla sua moto!»

«Gentile da parte loro», replicò Leon in tono cauto. Non era sicuro di volere che simili personaggi circolassero per la sua proprietà.

«Che ne dite di un bicchiere di vino per tutti?» propose Lilac alzando la voce.

«Grazie, ma non possiamo accettare», dichiarò solennemente Dirt. Era chiaramente il leader del gruppo. «Per guidare la moto ci vuole concentrazione, e noi beviamo solo una volta raggiunto il posto dove passeremo la notte.»

«Stasera dove vi fermerete?» chiese Lilac.

«Ancora non lo sappiamo. Abbiamo con noi i sacchi a pelo. Vedremo.»

«Rimanete qui», si intromise Lucretia. «Sarà divertente, e domani faremo ritorno in grande stile a casa mia per il matrimonio.»

«Ne sarei felice.» Lilac sembrava esitante. «Ma non abbiamo stanze a sufficienza.»

«Noi dormiamo sotto le stelle», replicò Dirt. «Il fine settimana prendiamo le cose come vengono.»

Lilac sorrise. «Anche mia figlia adora i suoi week-end via-col-vento.»

«Spero non più», borbottò Leon.

Lucretia lo guardò. «Che cosa hai detto?»

«Niente. Solo che ci preoccupiamo quando Whitney scompare senza che possiamo metterci in contatto con lei.»

Specialmente se in gioco ci sono parecchi milioni di dollari, pensò Regan.

«Allora, se volete fermarvi qui a dormire sotto le stelle siete i benvenuti», disse Lilac a Dirt. «Fate un giro nei dintorni e rilassatevi. Stasera ceneremo tutti insieme.»

«Non vogliamo darvi disturbo», rispose l'altro. «Intendevamo solamente assicurarci che la nostra piccola Lucretia arrivasse sana e salva a destinazione. Guai se le capitasse qualcosa», aggiunse con gli occhi fissi su Edward e i denti scoperti in un ghigno.

Interessante, considerò Regan. Anche a questi ragazzi Fields non piace. Guardò l'uomo asciugarsi la fronte e tentare un mezzo sorriso.

Leon aveva capito subito che Lucretia era entusiasta dei motociclisti, e Dio solo sapeva quanto i suoi parenti ci tenessero a farla felice. «Ci piacerebbe che rimaneste», disse in tono autorevole. «Nessun disturbo.»

Dirt si appoggiò alla moto e incrociò le braccia, con l'aria di chi sta riflettendo. La telecamera non aveva smesso di riprenderlo e lui si crogiolava in quella situazione. Si girò a guardare il suo gruppo. Nessuno mosse un muscolo. Poi tornò a voltarsi. «Accettiamo la vostra offerta. Ma solo se possiamo pensare noi al cibo. Avete un barbecue?»

«Uno grande in terrazza», rispose Lilac.

«Bene. Prepareremo hamburger, hot dog e magari pannocchie e insalata di patate. Dopo, assaggeremo il vostro vino.»

Lucretia fece un saltello di gioia. «Non è divertente, Edward? Una vera e propria festa di addio al celibato.»

Regan aveva la netta sensazione che l'uomo non condividesse la soddisfazione della futura moglie. Deve odiarci tutti, si disse. A lui interessa solo sposarla e mettere le mani sui suoi soldi.

Dirt si schiarì la gola. «Lucretia mi ha detto che oggi voi vi incontrate per la prima volta, quindi ora vi lasciamo soli, in famiglia, come si dice, mentre noi giriamo per la campagna e facciamo la spesa. Torneremo verso le sei, in tempo per accendere il barbecue, e poi brinderemo alla coppia felice. Che ve ne pare?»

«Magnifico», rispose Lilac. «Potreste comprare anche qualche hamburger di tacchino?»

«Nessun problema.»

Mentre i motociclisti risalivano in sella e Lucretia chiacchierava a tutto spiano, un membro della banda si avvicinò a Edward, chiedendogli se voleva qualcosa di speciale per cena. «Mi sembri tipo da pollo», disse guardandolo storto.

«Un ha-ha-hamburger andrà benissimo», balbettò l'uomo.

«E hamburger sia», replicò l'energumeno tatuato prima di allontanarsi.

Davvero strano, pensò Regan. Quella che avrebbe dovuto essere una tranquilla serata in famiglia si è trasformata in un barbecue con una banda di motociclisti che dormiranno sotto le nostre finestre. Non che la cosa la preoccupasse. Al momento le interessava solo accertarsi che Whitney stesse bene: il fatto che non avesse ancora richiamato la riempiva di apprensione.

Mentre i Saggi della Strada scomparivano in una nube di polvere e i meditatori e i degustatori di vino tornavano alle loro attività, il resto del gruppo si avviò verso la casa padronale.

«Volete entrare?» chiese Lilac alla troupe televisiva.

«Stiamo aspettando la cronista che deve realizzare il servizio», le rispose l'assistente del cameraman. «Se non vi dispiace, ne approfitteremo per fare qualche ripresa alla cantina.»

«Venite con me», interloquì Leon. «Vi mostrerò i miei macchinari e come produciamo il nostro ottimo vino.»

Chi altro doveva ancora arrivare? non poté fare a meno di chiedersi Regan.

Poi, un'ennesima stranezza la colpì. Edward stava tirando fuori le borse dal bagagliaio della Rolls-Royce quando Don Lesser sbucò dall'ombra e si mise ad aiutarlo.

Meglio che ora vada a chiamare Whitney, si disse lei. E naturalmente, mi piacerebbe scambiare due parole anche con Jack.

53

BELLA aveva assistito alla scena nel parcheggio, ed era fuori di sé. Quella banda di pazzi avrebbe passato la notte all'*Altered States*! E se fossero andati in giro per la proprietà e avessero scoperto le buche e i cumuli di terra dietro il fienile? si domandava. Lei sarebbe stata scoperta. E forse Lilac e i suoi fratelli avrebbero cominciato a scavare a loro volta, fino a scoprire il tesoro di nonno Ward. Non poteva permettere che accadesse.

E se poi il branco avesse deciso di «dormire sotto le stelle» proprio laggiù?

In una settimana di lavoro in quel posto, Bella si era fatta un'idea precisa della situazione. Earl viveva praticamente nel centro di meditazione, sospeso su una nuvola. Lilac trascorreva la giornata dividendosi tra la locanda e il negozio, e Leon lasciava di rado la cantina. Amava rimanere per ore tra i suoi serbatoi di acciaio inossidabile, le sue botti di quercia, le sue presse, i suoi tini, e tutte le altre bizzarrie che venivano impiegate per produrre una bottiglia di vino.

Nessuno dei Weldon aveva interesse a spingersi sino al

fienile, lei ne era ragionevolmente certa. Ma quei motociclisti...

Una donna in compagnia della figlia adolescente stava curiosando all'interno del negozio e Bella aveva appena versato il vino a due coppie che si erano sedute a un tavolino all'aperto. Lei avrebbe voluto che se ne andassero tutti. Non vedeva l'ora di tornare al fienile. Voleva chiamare Walter per dirgli di venire lì a darle una mano a scavare. Peccato per la sua schiena malconcia, ma se avessero trovato la pentola piena d'oro, lui avrebbe potuto permettersi un massaggio al giorno, pensava.

Sul banco c'era un apparecchio che lei utilizzava per le chiamate locali. Questa volta, però, temeva che qualcuno potesse sentirla e doveva aspettare che le due clienti uscissero dal negozio. Se solo si fossero sbrigate!

Finalmente la donna si accostò alla cassa con in mano una decina di candele. «Quei tipi in motocicletta vengono spesso da queste parti?» chiese mentre Bella pigiava sui tasti.

«Oh, non credo proprio», rispose lei. «Ma lavoro qui da una settimana soltanto.»

«Davvero?»

«Già.» Le tese il resto in tutta fretta e infilò le candele in una confezione da regalo. Avrebbe spinto la cliente verso la porta con le sue stesse mani. Doveva chiamare Walter al più presto.

«Molto carino questo posto. Siamo arrivate da Los Angeles... Alla radio hanno detto che ci sono focolai di incendio in tutta la zona. Spero che non causino troppi danni.»

«È stata una primavera secca», ammise Bella. «E naturalmente questo rende tutto molto più pericoloso.» E ora, ti prego, vattene, pensò.

La donna, però, aveva ancora voglia di chiacchierare. Mentre frugava nella borsa alla ricerca delle chiavi dell'auto, continuò: «Alla radio hanno intervistato un tizio che vive a Ocean View. Hanno già dovuto evacuare una scuola».

La figlia, che fino a quel momento aveva tenuto la bocca chiusa, improvvisamente saltò su dicendo: «Gli studenti saranno stati felici».

«Oh, ma cara, stiamo parlando di incendi. Non è roba su cui scherzare.»

La ragazzina scrollò le spalle. Fuori di qui! urlò Bella dentro di sé. Se il fuoco arriva fino a questa proprietà, non avrò più nessuna possibilità di trovare il tesoro.

«Hai preso tutte le candele che volevi?» domandò la madre. L'adolescente annuì. «Be', arrivederci, allora.»

«Arrivederci», ringhiò quasi Bella. Sollevò la cornetta e digitò in fretta il numero di casa. «Walter!» urlò quando il marito rispose.

L'uomo se ne stava sdraiato sul divano del loro piccolo appartamento in affitto. «Ciao, tesoro.»

«Scendi da quel divano.»

«Come fai a sapere che cosa sto facendo?»

«Sono una sensitiva. Senti, devi venire subito a scavare dietro il fienile.»

«Cosa?»

«Devi.»

«Perché?»

«Perché non ci è rimasto molto tempo. Questa notte dormirà qui una banda di motociclisti, gli incendi si stanno espandendo, c'è una troupe televisiva che ficca il naso dappertutto, insomma, sembrano esserci un milione di motivi per cui il tesoro può sfuggirci di mano.»

L'uomo stava guardando la partita. «Mi fa male la schiena», si lamentò.

«Walter!»

Lui sapeva di non avere scelta. «Oh, va bene», sospirò. Già in precedenza, Bella gli aveva spiegato come arrivare alla cantina.

«Fermati lungo la strada a comprare un'altra pala. Io ti raggiungerò al fienile non appena avrò finito con il negozio. Voglio sperare che per allora avrai già scavato un bel po'.» Proprio in quel momento entrò un uomo. Bella l'aveva visto arrivare dai campi quando erano usciti tutti ad accogliere Lucretia.

«Allora ciao, tesoro», cinguettò al telefono. «Ci vediamo dopo.» Riagganciò, poi si rivolse al nuovo arrivato: «Posso esserle utile?»

«Mi piacerebbe assaggiare del vino. Posso sedermi a quel tavolo laggiù?»

«Certamente.» Ora che aveva parlato con il marito, Bella poteva permettersi di mostrarsi amabile.

Un momento dopo arrivò anche il promesso sposo.

«Salve!» lo salutò lei. «E congratulazioni.»

«Grazie.» L'uomo sembrava nervoso. «Come lo sa?»

«Vi ho visti fuori.»

Edward si guardò intorno. «Pensavo di comprare un regalo per la mia fidanzata», le confidò.

«Che ne dice di un sorso di vino, prima?»

«Perfetto.»

«Si accomodi», lo invitò lei mentre prendeva due bicchieri.

Anche il secondo arrivato si sedette al lungo tavolo delle degustazioni. Bella non poteva immaginare che i due erano lì non solo per parlarsi, ma anche per studiarla.

«Un tempo il proprietario della cantina era mio nonno», raccontò loro spontaneamente mentre versava il vino. Alzò gli occhi nel sentire entrare qualcuno. «Salve, Regan», disse. «Ne verso un bicchiere anche a lei?»

«No, grazie», rispose l'investigatrice lanciando uno sguardo a Don e Edward che conversavano al tavolo con Bella. Sulla parete retrostante, una scritta recitava IN VINO VERITAS.

Molto giusto, pensò. Le sarebbe piaciuto conoscere la verità sul conto di quei tre. Le sembravano tutti quanti alquanto sospetti. Che cosa stava succedendo?

54

CHARLES Bennett sbirciò fuori per accertarsi che il furgone della televisione se ne fosse andato. Vedendo che il campo era libero, uscì da casa sua e attraversò il prato dirigendosi verso quella di Lucretia, con il regalo di nozze in mano. Aveva scelto un servizio di bicchieri da vino di *Tiffany*.

Salì i gradini della porta d'ingresso, suonò e attese. Una gran bella abitazione, si disse, e da quando vivo qui l'hanno sempre occupata persone per bene. Ma tutto cambierà con l'arrivo di Edward Fields.

«Un momento», gridò una voce all'interno, e due secondi dopo alla porta comparve Phyllis. «Signor Bennett, che bella sorpresa!»

«Ho pensato di passare a portare il mio regalo.»

«Entri, la prego.»

Da quando la Standish l'aveva acquistata, Charles non aveva più messo piede in quella casa. «Se ricordo bene, non è cambiato nulla dall'ultima volta che sono stato qui un paio di anni fa, a una festa», commentò.

«Lucretia ha lasciato tutto com'era», confermò Phyllis in tono confidenziale. «Stessi mobili, stessi quadri, stessa cameriera. Mi stavo giusto preparando una tazza di tè. Ne vuole una anche lei?»

«Molto volentieri.» Charles era lieto di quella occasione per parlarle in privato. La donna, notò, sembrava un po' tesa.

Guardando fuori dalla finestra della cucina, scorse i tavoli già apparecchiati all'aperto. «Vedo che è tutto pronto per il gran giorno», commentò in tono poco entusiasta.

«Uh-uh.» Phyllis versò l'acqua bollente in una teiera di porcellana. «Stamattina abbiamo avuto un bel po' di movimento.»

«Ieri sera ho visto il servizio in televisione.»

«Pare che l'abbia fatto un sacco di gente. Ha causato parecchio scalpore.»

Charles la guardò con aria interrogativa. «Che cosa è successo?»

«Lucretia ha ricevuto un certo numero di telefonate notturne da parte di telespettatori arrabbiati. E continuano ad arrivarne! Questa mattina, poi, qualcuno ha lanciato dei pomodori sui gradini d'ingresso. Così lei ha deciso di andarsene fuori città.»

«E dov'è andata?»

«Stamattina ha chiamato sua nipote, che con i fratelli è proprietaria di una cantina vicino a Santa Barbara, e ha invitato Lucretia e il fidanzato a passare lì la notte. Per stasera hanno organizzato una cena in loro onore. Lucretia era già partita quando la cronista è arrivata qui per il seguito del servizio di ieri, ma si sono sentite per telefono. Lei e Edward stavano pranzando in un locale mentre il nuovo servizio andava in onda e ora la giornalista è diretta a sua volta alla cantina.»

«Perché?»

«Perché... e solo lei poteva riuscirci... Lucretia si è procurata una scorta di ventun motociclisti.»

Charles rise di cuore. «Non la conosco molto bene, ma mi sembra tipico da parte sua.»

Si sedette su uno sgabello davanti al bancone. Improvvisamente si sentiva triste. Lucretia stava per sposare un uomo che senza dubbio non teneva minimamente a lei. «Non mi piace quel tizio!» proruppe.

Phyllis, che stava frugando nella credenza alla ricerca delle bustine di tè, si voltò a guardarlo. «Io non lo sopporto», convenì.

«Che cosa possiamo fare?»

La donna inspirò profondamente. «Nulla, a questo punto.» Poi lo guardò dritto negli occhi. «Ha una cotta per Lucretia, vero?»

«Può giurarci.»

Risero tutti e due.

«Se non si può parlare dei propri sentimenti alla mia età, quando mai si può farlo?» osservò Charles. «Quando Lucretia si trasferì qui e io mi resi conto di chi era, mi sentii elettrizzato. Non mi capita spesso di incontrare qualcuno con cui posso condividere i ricordi. Siamo stati entrambi attori, ai bei vecchi tempi. Io non ho mai lavorato in un film muto, e lei non ha mai partecipato a un talk show, ma questo non importa. Ci capiamo l'un l'altra. Potremmo passare dei bei momenti insieme.»

È un uomo così carino, pensava Phyllis. Se scopre che ho mentito a Lilac per poter intascare una piccola parte dei soldi di Lucretia, non mi perdonerà mai.

Squillò il telefono. «Ci risiamo», borbottò mentre sollevava la cornetta. «Pronto. Casa Standish.»

«Crepa! Spero che Lucretia si soffochi con la torta di nozze!»

«Le riferirò il suo messaggio», rispose impassibile Phyllis, riappendendo.

Charles scoppiò di nuovo a ridere. «Non sapevo che avesse un senso dell'umorismo tanto sviluppato.»

«Dopo aver fatto la cameriera per tanti anni, con tutto quello che ho dovuto sopportare ho imparato a vedere il lato umoristico delle situazioni.»

«Queste chiamate mi preoccupano.»

«Presto avremo un numero che non comparirà in elenco», lo rassicurò la donna. «Ma per il momento dobbiamo tenerci questo.» Versò il tè nelle tazze.

«Non mi piace che Lucretia sia diventata il bersaglio di tutti i picchiatelli che guardano la televisione. Vorrei poterla riportare qui e proteggerla», sospirò Charles.

«L'ha presa proprio brutta, eh?» scherzò lei.

«Davvero, noi due dobbiamo unire le nostre forze per trovare la maniera di liberarci di quel tizio!»

D'accordo. Purché io abbia i miei soldi, pensò Phyllis.

55

LA sede del *Luis Says*, il settimanale locale, era un cottage di pietra bianca in una tranquilla stradina di San Luis Obispo. All'interno, Thaddeus Washburne era solo alla scrivania. Amava il suo lavoro e gli piaceva passare un paio d'ore in redazione anche il sabato. Il giornale apparteneva ai Washburne da così tanto tempo che era diventato a sua volta un membro della famiglia... e aveva bisogno di più cure e attenzioni di qualunque altro parente. C'era chi nel fine settimana giocava a golf; lui, invece, andava in ufficio a scartabellare i fascicoli. E ora che sua moglie non c'era più, ci passava perfino più tempo di prima.

Il giornale andava in stampa il venerdì notte e Thaddeus era ancora in redazione quando il notiziario di GOS aveva trasmesso il primo servizio su Lucretia Standish. Rapido, lui aveva buttato giù un articolo destinato all'edizione dell'indomani. I Washburne avevano sempre nutrito un interesse particolare per le persone cresciute nella zona che in seguito si erano fatte un nome. Il padre di Thaddeus aveva aperto un dossier su Lucretia quando lei aveva cominciato a lavorare nel cinema ed era stato in quel fascicolo che lui aveva scovato le informazioni e vecchie foto con cui corredare il pezzo.

Lucretia aveva avuto una vita avventurosa. Ora Thaddeus avrebbe voluto scrivere un secondo pezzo, ma sentiva che non era facile farsi un'idea della complessa personalità della donna. Tenne accesa la televisione in ufficio e continuò a seguire i servizi sull'anziana attrice che la GOS sembrava mandare in onda quasi ogni ora. Aveva guardato l'intervista fatta alla cameriera, e ancora non si capacitava che la Standish avesse guadagnato tutti quei soldi con una società punto-com.

Lo squillo del campanello della porta lo sorprese. Chi mai poteva essere di sabato? si chiese mentre si alzava per andare ad aprire. La vista delle due anziane signore lo stupì ancora di più.

«Posso esservi utile?» chiese.

«C'è una cosa che deve sapere.» Sarah sollevò la sua copia del *Luis Says*. «Noi siamo le 'amiche non identificate' di Lucretia Standish.»

Thaddeus scoppiò in una sonora risata. «Fantastico! Entrate, prego.»

Le due lo seguirono all'interno del piccolo, confortevole cottage. I Washburne ne avevano fatto abbattere i muri interni molto tempo prima in modo che gli impiegati potessero parlarsi da una scrivania all'altra, come accade nelle redazioni dei grandi quotidiani. Anche se la stanza era piccola e il loro era un piccolo giornale, pensavano che quella soluzione infondesse un certo stile metropolitano.

Lui invitò le due donne a sedersi. «A proposito, io sono Thaddeus Washburne.» Tese la mano.

Sarah, sempre la leader, fu la prima a stringergliela. «Mi chiamo Sarah Desmond.»

«Io sono Polly Cook. Possiamo dirle come si scrivono i nostri nomi, per la prossima volta che pubblicherà una nostra foto.»

L'uomo rise di nuovo. «Posso offrirvi una tazza di caffè?»

«Un bicchiere d'acqua andrà benissimo», rispose Sarah.

Polly annuì. «Sì, acqua. Berrei caffè tutto il giorno, poi però la notte non dormo.»

«Mai provato il decaffeinato?»

Lei fece una smorfia. «Non mi piace il sapore.»

«Noi cerchiamo sempre di bere almeno otto bicchieri d'acqua al giorno», lo informò Sarah. «È una tortura, lasci che glielo dica.»

«Mi fa sentire gonfia», concordò Polly.

«Ma evidentemente le giova», osservò Thaddeus. «Perché di sicuro non dimostrate la vostra età. Se non mi aveste detto che siete vecchie amiche di Lucretia Standish, vi avrei dato quindici anni di meno.»

Polly e Sarah sorrisero timidamente, per poi scambiarsi un'occhiata trionfante quando l'uomo si allontanò.

Thaddeus tornò con una caraffa e due bicchieri. Proprio in quel momento il conduttore del notiziario di GOS annunciò che Lucretia Standish stava trascorrendo «un weekend memorabile».

Polly e Sarah sussultarono, poi si zittirono l'una con l'altra. Thaddeus agguantò il telecomando e alzò il volume. L'insegna dell'*Altered States* riempì lo schermo. Passò rombando un motociclista, seguito da una Rolls-Royce bianca e da un gruppo di centauri in formazione.

«Lucretia Standish è andata a trovare alcuni parenti nella loro cantina, dove questa sera ci sarà una cena in suo onore. Si è fatta scortare fin lì da una banda di motociclisti, i Saggi della Strada.»

Subito dopo si vide l'anziana attrice che scendeva dall'auto salutando regalmente la piccola folla e sorridendo alla telecamera.

«Oh, mio Dio», ansimò Polly. «Guardate un po' che roba.»

«Gelosa?» insinuò Sarah.

L'altra la fissò. «Forse.»

«... Lucretia e il suo fidanzato vengono accolti dalla famiglia.»

«Lui è un ragazzino», commentò Thaddeus parlando quasi fra sé.

«Come fa a dirlo? Quegli occhiali gli coprono tutta la faccia!» sbuffò Sarah. Si protese verso il televisore. «Quella non è Nora Regan Reilly?»

«Mi sembra di sì», assentì Polly. «Non abbiano ascoltato una sua conferenza qui all'università, un paio di anni fa?»

«Sicuro.»

«Anche il nostro giornale ha parlato della conferenza», si affrettò ad aggiungere Thaddeus. «Sì, è proprio Nora Regan Reilly. Ricordo che era molto graziosa e che suo marito era altissimo. Si vede sullo schermo, alla sua destra.»

«È un uomo simpatico. Noi due abbiamo letto i libri della Reilly», disse Sarah. «Chissà che cosa ci fa lì.»

«... durante la giornata ci saranno altri aggiornamenti sul weekend di Lucretia Standish. Per i vostri commenti, scriveteci all'indirizzo di posta elettronica...»

Thaddeus abbassò il volume. «Santo cielo. Dove diavolo avrà trovato quei motociclisti?»

«A Lucretia è sempre piaciuto divertirsi», commentò Sarah scuotendo lentamente la testa.

«Con lei abbiamo passato dei momenti fantastici, i migliori», rincarò Polly. «Era scatenata. Non aveva paura di nulla.»

«Da come ne parlate, mi sembra di capire che non la frequentate più.»

«Non la vediamo da prima di sposarci. Ci siamo perse di vista quando la sua carriera cominciò a declinare e lei lasciò la California. È buffo vederla sposarsi di nuovo. C'eravamo giurate che ciascuna avrebbe fatto da damigella alle nozze delle altre.» Polly sembrava rattristata mentre fissava lo schermo.

«Mi piacerebbe scrivere un articolo su voi tre», borbottò Thaddeus meditabondo. «Voi avete sempre vissuto qui?»

«Oh, no. Ci siamo sposate entrambe e trasferite altrove. Io sono finita a San Francisco e Polly a San Diego. Alla morte dei nostri mariti, abbiamo deciso di vivere insieme. Dato che nessuna delle due voleva trasferirsi nella città dell'altra, abbiamo raggiunto un compromesso e siamo tornate qui, dove ci sentiamo a nostro agio. Non siamo lontane dalle nostre famiglie... un giorno di macchina al massimo.»

«In vacanza, viaggiamo lungo la costa della California. A volte, quando lasciamo la superstrada, giriamo a destra e a volte a sinistra», spiegò Polly.

«Uh-hu. Sarebbe fantastico se voi tre poteste ritrovarvi dopo tutti questi anni. Possiamo invitare Lucretia a uno dei festival estivi. Ne verrebbe fuori un pezzo magnifico. Perché non cercate di mettervi in contatto con lei?»

«L'abbiamo già fatto», esclamò Sarah. «Abbiamo mandato un'e-mail alla stazione televisiva, con un messaggio privato per lei. Però ancora non l'abbiamo sentita.»

«L'abbiamo spedito solo ieri sera, e oggi siamo state

fuori tutto il giorno», le ricordò Polly. «Forse troveremo la sua risposta a casa.»

«Qual è il vostro server?» chiese Thaddeus.

«Pluto.»

«È anche il mio! Usate pure il mio computer per controllare la posta.»

Polly, che era appassionata di Internet più di Sarah, andò subito a sedersi alla scrivania.

«Poltrona comoda», commentò.

«Grazie.»

Nel silenzio generale, Polly inserì la password. Cliccò e comparve la finestra della sua casella postale. «Lucretia ha scritto!» proruppe.

Tutti e tre si protesero verso lo schermo, mentre Polly apriva il messaggio.

Care Sarah e Polly,

che meraviglia risentirvi! È passato troppo tempo. Mi piacerebbe che assisteste al mio matrimonio, ma non so dove rintracciarvi. Se ricevete questo messaggio e non vivete troppo lontano, trovatevi a casa mia a Beverly Hills, domenica mattina alle undici. Sarete le mie damigelle! Ricordate il nostro patto? E a proposito di patti, PER FAVORE PER FAVORE PER FAVORE *tenete la bocca chiusa riguardo al nostro segreto. Portate mariti e chi volete. Più siamo, più ci divertiremo. In fondo accludo il mio indirizzo e numero telefonico. Al momento non sono a casa, ma spero di vedervi domani.*

Con affetto,

Lukey

P.S. Mi piacerebbe tanto fare una delle nostre chiacchierate al cimitero, stasera!

«Dev'essere un segreto importante», commentò Thaddeus, palesemente speranzoso di essere incluso nell'intrigo.

Le due donne ridacchiarono. «Non possiamo dire nulla», dichiarò Sarah.

«Dopotutto, ci ha invitate al matrimonio», aggiunse Polly.

«Pensate di andare?»

«Naturalmente!» rispose Sarah senza neppure guardare l'amica. E dopo un momento: «Vuol farci da cavaliere?»

Il viso di Thaddeus si illuminò. «Sarò felice di accompagnare voi signore. Porterò la macchina fotografica e scatterò una foto di voi tre. Diamine, usciremo con un'edizione speciale! Ovviamente, se Lucretia non ci chiede milioni per i diritti.»

«Di milioni ne ha già a sufficienza.»

«Sapete una cosa?» fece Polly. «Le feste di addio al nubilato sono sempre più divertenti delle nozze di per sé... almeno per quanto mi risulta.»

«Ma non siamo state invitate.»

«Le damigelle sono sempre invitate alla festa di addio al nubilato.» Polly si rivolse a Thaddeus. «Qual era il nome di quella cantina? Dove si trova?»

«*Altered States*. Vediamo se riusciamo a individuarla.»

Thaddeus cominciò a digitare sulla tastiera. Era un mago nello strappare informazioni, ai suoi intervistati così come al computer. «Non è lontana», dichiarò infine. «Direi un'ora di macchina al massimo.»

Polly e Sarah si guardarono. «Non faremo la figura delle invadenti?» chiese Sarah un po' incerta.

«Ci avrebbe invitate, se avesse saputo che abitiamo così vicino. Possiamo sempre dire di essere passate solo per un brindisi veloce.»

«Ha scritto che le sarebbe piaciuto fare una chiacchierata al cimitero con voi», le incoraggiò Thaddeus. «Forse, dopotutto avrete modo di scambiare due parole.»

«Facciamolo», decise Sarah. «Che cosa abbiamo da perdere alla nostra età?»

Thaddeus scosse la testa. «Novantatré. Incredibile.»

«Quello che è», fece l'altra. «Ci accompagna lei, signor Washburne?»

«Assolutamente sì. Sarà un piacere.»

56

REGAN non percepiva vibrazioni positive quando lasciò il negozio di oggettistica. Edward era palesemente interessato solo al denaro di Lucretia, Bella non aveva tutte le rotelle a posto e quel Don era più che strano. Pensava che lui e Edward fossero in qualche modo legati. Eppure, Lucretia e il fidanzato avevano deciso solo all'ultimo momento di venire lì, mentre Don era arrivato la sera prima. Non era possibile che avessero pianificato tutto; era stata Lilac a invitare la zia.

Con una stretta di spalle, Regan attraversò il parcheggio diretta alla locanda. Non aveva ancora chiamato né Whitney né Jack. Senza sapere perché, improvvisamente girò sui tacchi e tornò nel negozio.

«Ripensandoci, credo che berrei volentieri un po' di vino», disse a Bella, che a differenza dei due uomini non parve sorpresa di rivederla.

«Splendido», esclamò. «Si sieda al tavolo delle degustazioni. Bianco o rosso?»

«Rosso.» Regan andò a mettersi accanto a Edward. «Salve di nuovo», mormorò mentre Bella si avvicinava per versarle il vino da una bottiglia di Weldon Estate.

Che cos'era lo sporco che la donna aveva sotto le unghie? si chiese sorpresa l'investigatrice. Quella mattina non l'aveva notato. Bella sembrava così accurata nel trucco. Chiunque si prenda la briga di sottolinearsi la bocca come fa lei, di certo tiene anche alla cura delle unghie, pensò. E sono anche un po' scheggiate.

Bella posò la bottiglia. «Spero che le piaccia», disse.

Regan sollevò il bicchiere. «Salute», cinguettò rivolta ai due uomini, che borbottarono una risposta e bevvero.

«Se avete bisogno di qualcosa, mi trovate alla cassa», annunciò Bella allontanandosi.

Un allegro gruppetto, pensò Regan, alzando di nuovo il calice. «Al suo matrimonio, Edward.»

«Grazie.»

«Dev'essere emozionato. Anche lei è di Beverly Hills?»

«No.»

«Da dove viene?»

«New York.»

«Davvero? Da quale zona?» Regan si divertiva a vederlo a disagio.

«Inizialmente Long Island», Edward si schiarì la gola, «ma in seguito ho vissuto a Manhattan.»

«E lei, Don?» L'uomo continuò a guardare fuori dalla finestra. «Don?» ripeté Regan.

Lui voltò di scatto la testa. «Oh.»

Che strano, pensò ancora una volta lei. «Di dov'è?»

«Un po' dappertutto.»

Le sue due fonti di informazione decisero improvvisamente di avere di meglio da fare. Vuotarono i bicchieri e si alzarono. «Raggiungo Lucretia», disse Edward.

«E io fra poco mi rimetto in viaggio», dichiarò Don.

«Se ne va?»

Lui annuì. «Devo incontrarmi con degli amici.» L'espressione del suo viso indicava che altre domande non sarebbero state ben accolte. Ma questo Regan lo sapeva già.

«Buon divertimento, allora», gli augurò. Be', quanto meno ho dato una scossa a tutti e due, si disse guardandoli uscire. Devo ricordarmi di annotare il numero di targa di Don prima che parta per la sua direzione sconosciuta. Attese qualche minuto, poi uscì nel parcheggio. Sapeva che Don guidava un fuoristrada scuro, e in quel momento nel viale ce n'era uno soltanto. Ci girò cautamente intorno. Interessante, pensò scorgendo i documenti dell'agenzia di noleggio sul sedile anteriore. Per avere l'auto lui aveva dovuto esibire la patente, e lei sapeva che quelle informazioni sarebbero state archiviate in un computer.

La targa era dello stato della California. Regan la memorizzò, poi si affrettò a entrare nella locanda. In camera sua, la annotò sul taccuino e infine, soddisfatta, prese il cellulare e compose il numero di Whitney. Le rispose la segreteria telefonica.

«Sono Regan Reilly. Se riceve questo messaggio, la prego di chiamarmi sul cellulare. Spero che il suo seminario stia andando bene.» Le sembrò che quelle ultime parole indugiassero nell'aria, pesanti. Quanto desiderava che fossero vere! In fretta, digitò il numero della casa dove si svolgeva il seminario, e di nuovo udì una voce registrata.

«Salve, questa è la segreteria di Norman e Dew. Al momento non ci siamo...»

Immagino che anche i genitori di Dew fossero degli hippy, pensò lei.

«Mi chiamo Regan Reilly», disse, e lasciò un messaggio per Whitney Weldon in cui la pregava di richiamarla.

Per ultimo, telefonò a Jack e lui, almeno, rispose di persona. «Ciao, come vanno le cose?» gli domandò.

«È stata una giornata campale. Abbiamo nuovi sviluppi riguardo a quella banda di ladri di opere d'arte. Credo che riusciremo a inchiodarli, anche se uno di loro è parecchio sfuggente. È ricercato in più di uno stato, ma riesce sempre a cavarsela per il rotto della cuffia. E tu?»

«Be', Lucretia è arrivata qui scortata da una banda di motociclisti.»

Jack scoppiò a ridere. «Stai scherzando.»

«Niente affatto. Ora stanno preparando la cena. Dovresti vederli! Ma sono teneri, davvero. Vogliono proteggerla.»

«Si direbbe che quella donna ne abbia bisogno.»

«Sono dei veri personaggi. Diciamo che preferirei sicuramente averli dalla mia parte. Sembrano giganteschi, e non ho mai visto tanti tatuaggi in vita mia.»

«Tatuaggi?» ripeté Jack. «Strano. Anche la banda a cui stiamo dietro è appassionata di tatuaggi.»

«Davvero?»

«Uno dei miei agenti ha trovato una foto nell'appartamento che abbiamo perquisito. Si tratta di quattro uomini con un teschio e due tibie incrociate tatuati appena sotto l'ombelico.»

Regan strinse con più forza il telefono nella mano. «Parli sul serio?»

«Certo. Qualcosa non va?»

Lei abbassò la voce. «C'è un tizio, qui, con un tatuaggio identico. In effetti, mi aveva già insospettito.»

«Regan, quegli uomini sono pericolosi.» Jack era allarmato. «Ora dimmi tutto quello che sai di lui.»

57

UNA volta partiti i partecipanti al seminario, Norman si affrettò a tornare nel suo ufficio e ad aprire il casellario. Nell'ultimo cassetto lui e Dew tenevano i documenti importanti: passaporti, certificati di nascita, la sentenza di divorzio di Norman (il suo bene più prezioso), le polizze assicurative, il rogito della casa, il libretto di assegni e varie altre carte che non guardavano da una eternità. Cacciò tutto in una borsa di plastica, poi in camera prese l'unica copia della sceneggiatura che aveva appena finito. Era quella che aveva scritto pensando a Whitney Weldon; la chiamata di lei del giorno prima l'aveva indotto a rileggerla... e continuava a credere che fosse il suo lavoro migliore.

Percorse in fretta il corridoio e uscì sul retro per inserire l'allarme. «Spero che non sia inutile», borbottò. «Una casa bruciata non ha bisogno di essere protetta dai ladri.»

Ricky lo aspettava a bordo della sua auto, pronto a seguirlo in città. Norman uscì in retromarcia dal vialetto, oltrepassò il Maggiolone dell'amico e gli fece un cenno.

Scesero lungo la tortuosa stradina di montagna, diretti

al piccolo centro di Calimook, a sette chilometri di distanza. In lontananza, oltre le cime degli alberi, si gonfiavano nubi di fumo.

Un quarto d'ora dopo erano alla piccola emittente radiofonica locale, dove Dew lavorava come disc jockey. Alla ragazza piaceva chiacchierare con gli ospiti del suo programma e teneva aggiornati gli ascoltatori sulle ultime novità di Calimook e dintorni. Di tanto in tanto mandava in onda una canzone. I Beach Boys erano il suo gruppo preferito; Norman, che era cresciuto con i Wilson Brothers, le aveva trasmesso la sua passione per la band.

Con il tempo lei si era creata un pubblico affezionato sempre più numeroso, e i proprietari della stazione radio le lasciavano piena autonomia. Quel pomeriggio dava continui aggiornamenti sugli incendi. Un po' dappertutto comparivano focolai, alcuni abbastanza piccoli da poter essere estinti rapidamente, mentre altri sfuggivano al controllo. Dew riferì le prime evacuazioni della zona e promise di tenere informati i suoi ascoltatori sui futuri sviluppi.

Stava andando in onda un comunicato commerciale quando lei guardò al di là della vetrata e vide Norman e Ricky nella reception. Si tolse gli auricolari e corse a salutarli.

Graziosa, con lunghi riccioli castano chiaro, una spruzzata di lentiggini sul naso e profondi occhi azzurri, Dew sarebbe stata perfetta per una pubblicità di cereali. Il suo guardaroba era formato per la maggior parte da jeans e da un'infinità di top fantasia. L'eleganza nel vestire non era fra le sue priorità.

«Ciao, tesoro», disse a Norman scoccandogli un rapido bacio. Si accorse che era preoccupato. «Ricky, che piacere vederti», continuò abbracciando l'amico d'infanzia.

«Ero appena arrivato a casa vostra quando hai telefonato», spiegò lui.

«Dew», chiamò il tecnico. «Questo è un intervallo breve. Torni in onda fra un minuto.»

La ragazza prese Norman per il braccio. «Perché non venite di là con me?»

«Per quale motivo?»

«Possiamo parlare insieme dei piani di evacuazione.»

«Avanti, Dew!» chiamò ancora il tecnico.

Norman e Ricky la seguirono in sala trasmissione e si sedettero di fronte a lei sulle poltrone di pelle corredate da microfoni. Un istante dopo erano in onda.

«Eccoci di nuovo a *Parlando con Dew*», cinguettò la ragazza al microfono. «E in studio sono venuti a trovarci due ospiti. Come molti di voi sanno, il mio ragazzo è Norman Broda. Viviamo in una casa in montagna, nella zona che i vigili del fuoco stanno facendo evacuare. Ora Norman è qui con me, assieme al nostro vecchio amico Ricky Ortiz, che lavora come assistente di produzione su un set nei pressi di Santa Barbara. Chi sono gli attori del film, Ricky?»

«La star è Whitney Weldon. Non è ancora un nome noto a tutti, ma ha fatto delle ottime interpretazioni.»

«Oh, sì, Whitney Weldon, ho visto alcuni suoi film. Ehi, voi, là fuori. Sapete che a casa nostra Norman tiene degli splendidi seminari di recitazione, no? Bene, Whitney Weldon si è iscritta a quello di oggi. Allora, Norman, com'è andata?» chiese al fidanzato con un sorriso.

Lui esitò un istante. «Purtroppo non è riuscita a venire.»

«Ah, non è riuscita a venire», ripeté Dew cercando di non lasciar trapelare la delusione. «Avrà saputo degli incendi...»

«Abbiamo dovuto interrompere la sessione di oggi»,

spiegò Norman, «quindi per Whitney è andata meglio così. Sarò felice di averla nel prossimo seminario.»

«E in questo film lei è così divertente», interloquì Ricky. «Divertente da morire.»

«Qual è il titolo della pellicola?» volle sapere Dew.

«*Jinxed.*»

58

Regan andò a chiudere la finestra della stanza. Non voleva correre il rischio di farsi sentire da qualcuno.

«Si è registrato come Don Lesser. Quando però l'ho chiamato in quel modo, poco fa nel negozio, non mi ha risposto subito, il che mi ha fatto pensare.»

«Molti in questa banda usano falsi nomi», commentò Jack.

«E poi porta una parrucca, ne sono sicura. È nera, mentre i peli del corpo sono biondi. Forse ha anche le lenti a contatto colorate, ma non ne sono certa. E c'è dell'altro.»

«Che cosa?» volle sapere lui.

«Credo che conosca Edward Fields. È solo una sensazione. Lesser si è offerto di aiutarlo a portare dentro i bagagli, un gesto che mi è sembrato strano. Poi li ho trovati seduti insieme in sala di degustazione, e poco dopo il mio arrivo si sono dileguati.»

«Dev'esserci almeno un computer lì.»

«Sì. Ne ho visto uno nell'ufficio dietro il banco della reception», rispose Regan.

«Cerca di procurati l'indirizzo e-mail della cantina. Io

mi procuro la foto dei tizi con i tatuaggi, la faccio scannerizzare e te la mando via posta elettronica. Dai un'occhiata per capire se uno dei quattro può essere questo Don...» Jack inspirò profondamente. «Sarebbe davvero molto interessante.»

«D'accordo, ma dobbiamo sbrigarci. Quell'uomo ha detto che sta per partire.»

«Stai tranquilla. L'ultima cosa che voglio è perdere le tracce di uno di quei delinquenti.»

«Bene, vado alla reception e poi ti richiamo», disse Regan.

In corridoio, si imbatté proprio in Don che procedeva nella direzione opposta. «Salve», lo salutò.

«Salve, Regan.»

Lei affrettò il passo. Il modo in cui lui aveva pronunciato il suo nome le dava i brividi.

Alla reception tutto era tranquillo. Regan sapeva che i suoi stavano riposando, e così Lucretia, che si era ritirata in camera per rilassarsi prima dell'aperitivo. Trovò Lilac seduta alla scrivania nel suo ufficio.

«È magnifico avere qui i suoi genitori», esclamò la donna nel vederla.

«Lilac», esordì Regan in tono deciso. Non poteva spiegarle nei dettagli ciò che stava succedendo... non subito, almeno. «Il mio amico Jack... è stato qui l'altro giorno... ora è a New York, e deve spedirmi una fotografia. Ha a che fare con un caso su cui sta indagando. Potrebbe mandarmela sul suo computer?»

«Ma certamente.» La donna scrisse subito il suo indirizzo e-mail e aprì sul computer la casella di posta. «Lo chiami e gli dica di mandarla subito. La lascio sola.» Si alzò. «Ho tante di quelle cose da fare per questa sera! Sarà divertente. Se ha bisogno di me, mi trova in cucina.

E per favore, se qualcuno mi cerca alla reception, mi chiami.»

«Certamente», promise Regan, che stava già componendo il numero di Jack.

«Sono nell'ufficio», gli comunicò. «Ecco l'indirizzo e-mail...»

«Fantastico. Resta in linea.» Jack tese l'indirizzo a un assistente. «Scannerizza la foto», ordinò. «In un lampo.»

Regan era tesa, il cuore le batteva forte. Così se ne vanno i benefici del rilassamento di questa mattina, pensò. Non sapeva nemmeno come gestire la situazione se avesse riconosciuto Don Lesser nella fotografia.

«Ho un'altra telefonata», disse in quel momento Jack. «Ti richiamo sul cellulare.»

«Bene.» Regan sedette davanti al computer e pochi minuti dopo arrivò un nuovo messaggio. Era quello che aspettava. Lo aprì e rimase a guardare la fotografia prendere lentamente forma sullo schermo. Sussultò quando i suoi occhi si posarono sull'uomo a sinistra. Aveva i capelli biondi, però la corporatura, i lineamenti e il sorriso erano quelli di Don Lesser. Non che l'avesse visto sorridere molto, pensò. Ma quell'addome teso con la peluria bionda era senza dubbio lo stesso che l'aveva incuriosita quella mattina. Sì, l'uomo nella foto era Lesser!

«Oh, mio Dio!» esclamò.

«C'è nessuno?» chiamò una voce, e un istante dopo Don sbucò da dietro la porta ed entrò. Si fermò di colpo scorgendo l'immagine sullo schermo. La foto era a colori, e abbastanza grande da essere visibile anche a una certa distanza.

Regan si affrettò a pigiare il pulsante per cancellarla prima di girarsi, ma era troppo tardi. Lesse sul viso di lui una furia inequivocabile.

«Che diavolo sta facendo?» ringhiò l'uomo. Rapido, si voltò per chiudere a chiave la porta, poi balzò in avanti, le mani tese verso la sua gola. Regan urlò mentre si guardava intorno alla ricerca di un oggetto con cui difendersi. Sulla scrivania c'era un fermacarte di ceramica. Lo prese e lo lanciò contro Don, colpendolo alla fronte. Per un momento lui barcollò, ma si riprese, e cercò di nuovo di afferrarla. Senza smettere di urlare, Regan sollevò la gamba destra sferrandogli un calcio proprio sotto il tatuaggio. Ma quell'uomo era peggio di un toro. Il cellulare cominciò a squillare nell'istante in cui le dita di Don si chiudevano intorno alla sua gola.

Quella stretta era d'acciaio, minacciava di soffocarla. Facendo appello a tutta la sua forza, Regan fece scattare un braccio in avanti e gli strappò la parrucca dalla testa, poi gli cacciò un dito nell'occhio. Colto di sorpresa, l'uomo la lasciò andare. Assestandogli un secondo calcio, lei gridò a pieni polmoni: «Aiuto! Aiuto!»

In corridoio echeggiò un rumore di passi in corsa, poi qualcuno bussò forte alla porta. «Regan! Regan!» Era Luke.

Lesser si voltò. Comprendendo di essere in trappola, corse alla finestra, la spalancò e si tuffò fuori. Il cellulare continuava a squillare. Luke gridava e picchiava sulla porta. Regan agguantò il telefono mentre, un po' incerta sulle gambe, andava ad aprire.

«L'ho identificato», disse a Jack, ansimante. «È il nostro uomo.»

59

Rex correva all'impazzata attraverso le vigne. Che faccio? pensava frenetico. Dove vado? Si maledì per via di quello stupido tatuaggio. Era stata un'idea di Jimmy. Erano usciti a festeggiare la riuscita di un grosso colpo e a un certo punto si erano ritrovati tutti tatuati. Avrei dovuto uccidere Regan, si rimproverò. Avrei dovuto finire il lavoro. È quello che avrebbe fatto Jimmy.

Chi le ha mandato quella foto?

Scordatene, si disse poi. Pensa solo ad andartene da qui. Continua a correre.

So come uscirne. Porterò la jeep di Whitney fuori dal fienile. È la mia unica possibilità. Sfrecciò attraverso i filari e, arrivato in fondo, girò a destra. Lì, si immobilizzò di colpo. Proprio davanti alla porta del fabbricato era parcheggiata un'auto malconcia. Ma di chi diavolo era? si chiese. E che cosa ci faceva lì?

Rex si guardò intorno. Non c'era nessuno. Corse verso la macchina, un vecchio modello a quattro porte. Con sollievo, vide che la chiavetta d'accensione era inserita. Saltò su e mise in moto. Il motore gemette, tossì e si spense. Furioso, lui diede gas e al terzo tentativo la macchina partì. Inserì la retromarcia giusto nel momento in cui un tipo tarchiato sbucava fuori trafelato da dietro l'angolo del fienile con una pala in mano.

«Ehi!» urlò l'uomo.

Rex imprecò mentre accelerava.

L'auto balzò all'indietro. Rex pigiò sul freno e ingranò la prima. Effettuò una strettissima inversione a U e imboccò a tutta velocità la strada sterrata, ricoprendo di polvere il suo inseguitore. Lo vide nello specchietto retrovisore che agitava il pugno contro di lui.

«Torna a scavare», grugnì mentre accelerava lungo la strada che, per lo meno, non era sconnessa come l'altra via d'accesso alla cantina. Il cruscotto sembrava quello di un'auto degli anni Sessanta, essenziale, con pochi aggeggi di cui individuare la funzione. Ma quello che era davvero facile da vedere era il grosso ago rosso che puntava iroso verso destra. Serbatoio vuoto. Fermati alla prima stazione di servizio, stupido, sembrava dire. Mentre si avvicinava alla strada principale Rex colpì con forza il volante, poi, esasperato, girò a destra proprio nel momento in cui un furgone che procedeva nella direzione opposta rallentava, come se il conducente stesse cercando una deviazione.

Fu inevitabile. Rex urtò il furgone all'altezza del parafango sinistro anteriore, poi ne graffiò la fiancata, su cui campeggiava la scritta GOS NEWS. SEMPRE AL PASSO CON LA NOTIZIA. L'impatto fu troppo violento per la vecchia auto, che ruotò su se stessa e si arrestò con il muso nella direzione contraria. Il motore si spense. Inutili furono i frenetici tentativi di Rex di riavviarlo. Aveva finito la benzina. Armeggiò con la maniglia della porta e saltò fuori. Spiccò nuovamente la corsa verso la strada sterrata nell'istante in cui sopraggiungeva un'autopattuglia a sirene spiegate.

L'auto della polizia frenò di colpo e due agenti saltarono a terra. «Fermo! Mani in alto!» gridò uno di loro.

Rex continuò a correre, ma non resistette alla tentazione di voltarsi a guardare. Fu un errore. Il gatto nero di Lilac era uscito per una passeggiatina e si trovava proprio sulla sua strada. Lui se lo trovò in mezzo ai piedi, cercò di schivarlo ma inciampò e cadde, finendo bocconi nella polvere.

Gli agenti non impiegarono più di due secondi ad ammanettarlo.

Lynne B. Harrison era deliziata. Lei e il cameraman stavano riprendendo ogni attimo del piccolo dramma. Di lì a pochi minuti il pezzo sarebbe stato proposto a tutti i telespettatori della nazione. Valeva bene le ammaccature sul furgone.

60

WALTER era furioso. Ma anche stupefatto e ben più che preoccupato. Bella lo avrebbe ucciso! Aveva lasciato le chiavi nel cruscotto della macchina e gliel'avevano portata via. Aveva incasinato tutto alla grande. Ma chi poteva immaginare che quella vecchia tinozza sarebbe stata rubata nel bel mezzo del nulla? E chi era quel tizio? Un detenuto evaso?

L'auto non era più in vista e lui se ne stava lì, borbottando tra sé. Che faccio adesso? si chiese. Devo andare alla polizia. Ma loro vorranno sapere perché mi trovavo qui. Guarderanno in giro e vedranno le buche dietro il fienile. Meglio che le ricopra prima che salti fuori tutto, pensò. È sicuro che Bella mi ammazza. Durante la settimana ha passato tutte le pause pranzo a cercare il tesoro del nonno, e ora dovrà ricominciare da capo. È maledettamente ingiusto.

Meglio che mi sbrighi, si disse ancora. Rimetterò a posto la terra, poi andrò al negozio e chiamerò la polizia. Con la pala in mano, girò intorno al fienile e quando si ritrovò davanti una serie di fosse e altrettanti cumuli di terra gli venne da piangere.

«È un'idiozia», grugnì lanciando in alto la pala. L'attrezzo volò in aria e atterrò nella buca più lontana. Il bordo affilato urtò la parete della fossa, facendo cadere qualche zolla. Era il primo punto dove Bella aveva scavato il lunedì.

Stizzito, Walter andò a recuperare l'attrezzo. Si era appena chinato quando qualcosa di rosso attirò la sua attenzione. Il colore vivace era ben visibile attraverso lo strato di terra che la pala aveva urtato. L'uomo si inginocchiò e cominciò a scavare con le mani. La macchia rossa si allargava sempre di più. Poteva essere un contenitore di qualche sorta, o un baule? Oh, mio Dio, pensò. Possibile che sia proprio il tesoro?

Agguantò la pala e, con una energia di cui mai si sarebbe ritenuto capace, cominciò a dissotterrare il misterioso oggetto. *Ti prego, ti prego, fa' che sia il tesoro di nonno Ward! Fa' che valga il furto della mia auto!*

«È un baule!» gridò entusiasta di lì a poco. «È un baule, è un baule, è un baule!!!»

Benché il bauletto fosse ancora incastrato nella terra, Walter era ormai in grado di aprire il chiavistello.

Si fermò. Ti supplico, fa' che sia qualcosa di realmente prezioso, pregò ancora. Poi, lentamente, sollevò il coperchio.

Il bauletto era pieno di vecchie bottiglie da vino di varie dimensioni e colori. Walter ne prese una di vetro verde a forma di cipolla e la esaminò. Sull'etichetta erano ancora visibili un blasone, la data 1698 e la parola *Londra*.

«Oh, mio Dio», ansimò. «Sono bellissime.» Ne prese un'altra. Il blasone era differente, l'anno indicato il 1707 e la città Roma. Ce n'erano più di una decina, calcolò. Il sogno di un collezionista!

Proprio la settimana prima, al pub, si era ritrovato a

chiacchierare con alcuni turisti esperti di vino. Si erano fermati lì a bere birra fino all'ora di chiusura. «Di tanto in tanto anche noi sentiamo il desiderio di una Lager», avevano scherzato.

Quei turisti gli avevano raccontato che una bottiglia da vino del XVII secolo era appena stata venduta all'asta a Edimburgo per diecimila sterline. A quei tempi, avevano spiegato, la gente si faceva fare le proprie bottiglie che poi mandava da un mercante di vino perché le riempisse. La stessa casa d'aste non si aspettava di spuntare un prezzo così elevato. Avevano previsto di vendere quel pezzo al massimo per trecento, quattrocento sterline.

«Evviva!» gridò Walter. «Ce l'abbiamo fatta!» Si guardò intorno per essere sicuro che non ci fosse qualcuno nei paraggi, pronto a trafugare il tesoro che ora era di Bella... e suo. Gli avevano già rubato la macchina, ma ormai non gli importava più. Quelle bottiglie potevano significare parecchie centinaia di migliaia di dollari sul loro conto corrente! Si sarebbero comprati un'auto nuova. C'era solo un problema. Come portarle a casa?

Infine, chiuse il bauletto, lo ricoprì di terra e marcò il punto preciso con parecchi sassolini. Riempì in fretta le altre buche, poi andò al ruscello a lavarsi le mani. Se le asciugò sui pantaloni, sporcandoli così ancora di più. «Ne comprerò un paio nuovi», rise, facendo un saltello mentre si avviava verso il negozio. «Comprerò un paio di pantaloni nuovi», cantò ancora. «E un paio di scarpe... e poi mi comprerò...»

Chiunque l'avesse visto caracollare felice attraverso le vigne avrebbe pensato che si stesse preparando per un'audizione a Broadway.

61

CHE sta succedendo? si chiese Whitney. Qualcuno è venuto a cercarmi? Aveva sentito un'auto fermarsi fuori, e qualche tempo dopo avevano cercato di rimetterla in moto. Poi c'era stato un grido... Era tutto così pazzesco. Nessuno andava mai al fienile. Si trovava sul limite estremo della proprietà ed era abbandonato da anni.

Fece ricorso ad alcune delle tecniche di rilassamento dello zio Earl per cercare di mantenersi tranquilla e concentrata. Si sforzò di non pensare alla sua infelice situazione e di sostituire i pensieri negativi con altri positivi. Cercò perfino di fingere di stare recitando la parte della vittima di un sequestro.

Non riusciva a respirare profondamente a causa del bavaglio che le copriva la bocca, ma poteva ancora controllare il respiro. Inspira, espira, con calma e regolarità, si esortò. Visualizza cose piacevoli. Lentamente, metodicamente, agitò le dita delle mani e dei piedi nella speranza di allentare i nodi. Intanto, pensava a Frank.

Vorrei tanto addormentarmi, si disse. Sarebbe un modo per evadere. E chissà, al mio risveglio potrei scoprire che sono venuti a salvarmi. Non possono lasciarmi qui per sempre... oppure sì? Chiuse gli occhi e le parve di percepire un debole odore di fumo.

Ti prego, Signore, fa' che sia la mia immaginazione, implorò. Ma nel suo intimo sapeva che non era la mente a giocarle strani tiri. Era stata una primavera secca, e la minaccia di incendi era più che reale. Ora le sarebbe stato impossibile prendere sonno.

Serrò strettamente gli occhi. Ehi, universo, invocò, se stai ascoltando fai in modo che qualcuno senta che ho bisogno di aiuto.

Trovatemi. Vi prego, trovatemi.

62

«L'HANNO preso!» annunciò Regan agli altri. In piedi davanti al banco della reception, era al telefono con il capo della polizia locale. Sul suo collo spiccavano brutti segni rossi. «Ha rubato un'auto che è rimasta all'improvviso senza benzina sulla strada principale, e ha urtato il furgone di un'emittente televisiva di Los Angeles.»

«Mi piacerebbe mettergli le mani addosso», proruppe Luke con veemenza.

Lui e Nora erano accorsi in ufficio udendo le urla raggelanti della figlia. Lilac aveva subito avvertito la polizia, e l'autopattuglia si era imbattuta in Don Lesser mentre stava dirigendosi alla cantina.

Avevano appena chiamato per dare a Regan la notizia del suo arresto.

«Il suo vero nome è Rex Jordan», stava dicendo il poliziotto.

Lilac era andata a chiamare i fratelli e ora erano tutti radunati intorno a Regan, con Nora che le teneva un braccio intorno alle spalle e Luke in piedi sull'altro lato.

«A chi appartiene l'auto rubata?» chiese l'investigatrice.

«Walter e Bella Hagan», rispose il capo della polizia.

«Bella?» ripeté lei, stupita. «Lavora qui alla cantina. Ma l'uomo è fuggito a piedi attraverso i vigneti. Chissà dove ha trovato la macchina.»

Lilac si voltò a guardare Earl. «Vai a chiamare Bella.»

«Ora portiamo Jordan al comando», disse ancora il capo della polizia a Regan.

«Avvertirò il mio amico della polizia di New York che mi ha mandato la foto. Sarà molto contento, e ovviamente vorrà mettersi in contatto con lei.»

«Certo, gli dica di farmi uno squillo.»

Regan era incerta se riferirgli i suoi timori riguardo a Whitney. Quel Rex Jordan poteva essere in qualche modo collegato al fatto che la ragazza non si era fatta sentire per tutto il giorno? Decise tuttavia di non farne cenno davanti a Lilac. Ringraziò l'ufficiale di polizia e riagganciò. Avrebbe chiesto a Jack di parlare al funzionario di Whitney, decise.

«Credo che sia il momento giusto per un bicchiere del miglior Weldon Estate», dichiarò Lilac.

«Da qualche parte del mondo devono pur essere le cinque», scherzò Luke passando affettuosamente un braccio intorno alle spalle della figlia. «Vieni, tesoro, andiamo a sederci. Ora possiamo finalmente rilassarci.»

«Volentieri. Prima, però, devo chiamare Jack.» Regan uscì in terrazza con il cellulare in mano. Il sole del tardo pomeriggio inondava di luce soffusa la campagna. Le sembrava incredibile che fossero passati solo un paio di giorni da quando era arrivata in quel posto con Jack con l'intenzione di passarvi un tranquillo fine settimana. Digitò il suo numero. Nell'aria c'era un vago odore di fumo che il vento spingeva dai focolai sulle colline verso le vigne.

Lui rispose al primo squillo. «Pronto.»

«Le cose che non faccio per te.»

«Che è successo ancora?» chiese Jack ridendo.

«Lo hanno arrestato.»

«Cosa?»

«Rex Jordan, così si chiama il nostro uomo, è dietro le sbarre.»

«Non posso crederci!»

«Ha avuto un incidente con un'auto rubata. Ho detto al capo della polizia locale che lo avresti chiamato. Quando lo senti, per favore, accennagli ai miei timori riguardo a Whitney. So che non è stata dichiarata ufficialmente scomparsa, ma sono preoccupata. Temo che quell'uomo abbia a che fare con la sua misteriosa sparizione. Era qui quando lei è uscita, stamattina sul presto. Forse la polizia riuscirà a farlo parlare.»

«Ci penso io», promise Jack.

«E sono ancora convinta che sia in qualche modo collegato al fidanzato di Lucretia. Se scopri qualcosa...»

«Ci sto lavorando.»

«Grazie, Jack. Tienimi informata.»

«Non c'è che dire, mi hai riferito un sacco di sviluppi eccitanti.»

«Be', per me lo sviluppo più eccitante sarebbe sapere che Whitney è sana e salva.»

«Idem per me», le fece eco lui.

63

EDWARD era un relitto. Aveva appena finito di parlare con Rex, e stava tornando in camera sua quando aveva udito tutto quel trambusto. Guardando fuori, aveva visto il socio filarsela attraverso le vigne. Le cose non si mettono bene, pensava. Affatto. Rex avrebbe spifferato tutto se lo avessero preso?

Qualcuno bussò alla sua porta. «Sì?» disse teso.

«Sono io, tesoro.»

«Entra.»

Lucretia fece la sua comparsa. Aveva l'aria riposata e indossava un tailleur pantalone di seta color albicocca. Era pronta per la cena della vigilia.

Edward, da parte sua, giaceva sul letto in posizione fetale.

«Stai bene?» chiese lei preoccupata.

«Non molto», ammise lui in tono lamentoso.

Lucretia gli posò una mano sulla fronte. «Non hai febbre.»

«Ho una nausea tremenda.»

«Mi dispiace. Ma, tesoro, devi cercare di reagire. Ci aspettano a cena, e c'è una grande animazione in giro.»

«Che genere di animazione?» chiese Edward con aria innocente.

«Un uomo ha aggredito quella simpatica ragazza, Regan Reilly, nell'ufficio della reception. È un ricercato, sai, e lei lo aveva scoperto. L'hanno arrestato!»

«Sul serio?»

«Non è magnifico? Che individuo orribile! È ricercato a New York, e ora che lo hanno preso dicono che resterà dietro le sbarre per un bel pezzo. Lilac non riesce a capire che cosa ci facesse qui. Comunque, presto tutto verrà chiarito. Quel verme...» Lucretia gli fece una carezza sulla guancia. «Vado nel salone a bere un bicchiere di vino con gli altri. Perché non fai una doccia? Magari dopo ti sentirai meglio. Poi raggiungici, tesoro. È anche la tua serata.»

«Ci proverò.»

Rimasto di nuovo solo, Edward giacque a lungo immobile fissando il soffitto. *Quali alternative mi restano? Potrei dire loro che Whitney è rinchiusa in un edificio della proprietà? In questo caso, se Rex dovesse tirarmi in mezzo, la mia posizione diventerebbe meno grave. Posso spiegare che volevo solo che il mio amico trovasse il modo di tenerla lontano per il fine settimana, fino a dopo il matrimonio. Che non potevo immaginare che l'avrebbe addirittura rapita.*

Ma così sarebbe la fine, pensò ancora disperato. Lucretia non avrebbe più voluto sposarlo e lui rischiava di andare in carcere. No, devo tenere la bocca chiusa, decise. In qualche maniera ce la farò. Whitney starà bene. Verrà liberata dopo che noi ci saremo sposati, e tutto andrà per il meglio.

Si alzò, andò in bagno e vomitò.

Almeno su questo punto non ho mentito, si disse.

64

Bella era nel negozio quando Earl entrò, le si avvicinò con cautela e le prese la mano. «Voglio che tu rimanga calma», disse.

«Che è successo?» gridò lei. «È accaduto qualcosa a Walter?»

L'altro scosse piano la testa.

«Che cosa, allora?» Bella fece un sospirone. A volte Earl riusciva a essere davvero inquietante, pensò.

«Hanno rubato la vostra macchina.»

«Rubata? Dove?»

«Di preciso non lo so.» Earl le spiegò quello che era successo, l'aggressione in ufficio e poi la fuga rocambolesca di «Don» che aveva rubato l'auto, e successivamente era rimasto coinvolto in un incidente.

Il cuore di Bella ebbe un tuffo. Probabilmente la loro macchina si trovava fuori del vecchio fienile, ragionò, ma dov'era Walter?

«Vai in locanda a fare denuncia», la sollecitò Earl. «Rimango qui io.»

Bella stava attraversando il parcheggio quando Walter emerse dalle vigne. Corse dalla moglie, la sollevò in aria e le scoccò un grosso bacio sulla guancia.

«Walter!» squittì lei. «Stai bene?»

«Benone.»

«Ci hanno rubato la macchina.»

«Come fai a saperlo?»

«Non fare domande inutili. Ce l'ha rubata un tizio che ha cercato di uccidere una ragazza, qui alla cantina. Ed è andato a sbattere lungo la strada.»

Walter continuava a sorridere. Lei lo guardò preoccupata. «Sei stato al sole troppo a lungo?»

«Uh-uh.»

«No?»

«No. Ho qualcosa da dirti, cara.»

«Che cosa?»

«Ho trovato il tesoro.»

Bella fece un saltello, poi bisbigliò: «Di che si tratta?»

In fretta, Walter le raccontò la sua scoperta. «Noleggeremo un'auto e torneremo a prendere le bottiglie. Te lo dico io, valgono migliaia e migliaia di dollari.»

«Non riesco a crederci!» esclamò lei. «Il nonno Ward collezionava bottiglie da vino! In Canada si accontentava di riviste e quotidiani.» Abbassò di nuovo la voce. «Dobbiamo andare in locanda a chiamare la polizia per denunciare il furto. Come faremo a spiegare che si trovava là?»

«Stavo venendo a trovarti e ho svoltato nel punto sbagliato.»

«Ma se mi hai lasciato qui questa mattina!»

«Ho un pessimo senso dell'orientamento.»

Bella rise e lo baciò, poi entrarono insieme nell'edificio con l'aria di non avere una sola preoccupazione al mondo.

65

LYNNE B. Harrison andò in onda in diretta dal luogo dell'incidente. «Incredibile!» esordì. «Mentre ci dirigevamo verso *Altered States*, la cantina dei nipoti di Lucretia Standish, siamo stati urtati da un'auto rubata! Al volante c'era un ricercato che aveva passato la notte lì nella locanda. Ci trovavamo al limite della proprietà quando la vettura è sbucata all'improvviso da una strada secondaria...»

Trasmisero la scena in cui si vedeva Rex balzare giù dalla macchina, spiccare la corsa e quindi inciampare rovinosamente nel gatto. Il cameraman lo aveva tallonato ed era riuscito a ottenere un bel primo piano.

«L'arrestato è stato identificato come Rex Jordan, di New York. Vi terremo informati sui nuovi aggiornamenti, a mano a mano che arriveranno. Ora ci prepariamo a incontrare la promessa sposa Lucretia Standish. Qui Lynne B. Harrison, del notiziario di GOS. A più tardi!»

66

Tornata nel salone, Regan guardò fuori della finestra e vide Bella abbracciare un uomo nel parcheggio; i due avevano l'aria euforica. Che strano, si disse lei. La donna non aveva appena subìto il furto della sua auto?

Accettò il bicchiere di vino che Lilac le porgeva e si accomodò su un divano proprio mentre Lucretia faceva la sua comparsa.

«Carissimi!» esclamò l'anziana signora. «È ora di festeggiare.»

«Edward sarà dei nostri?»

«Lo spero. Il poverino ha problemi di stomaco.»

Ci avrei scommesso, pensò l'investigatrice.

Lucretia andò a sedersi accanto a Luke e Nora, sul divano di fronte a quello su cui aveva preso posto Regan. Lilac le stava versando il vino. «Leon deve finire un lavoretto in cantina», spiegò, «ma ci raggiungerà presto.»

Entrò Bella con il marito, che era tutto sporco di terra, come se avesse fatto giardinaggio. Lilac li presentò agli altri. «Walter, mi dispiace tanto per la vostra auto», disse poi rivolgendosi all'uomo. «Dov'era posteggiata?»

Lui rise. «Stavo venendo a trovare mia moglie, ma ho

imboccato la strada sbagliata e sono finito al vecchio fienile, sul confine della proprietà. La vista delle montagne era così affascinante che ho pensato di scendere a fare due passi. Quando sono tornato, c'era un tizio che si stava allontanando a tutta birra a bordo della mia auto. Sono venuto qui per chiamare la polizia, e Bella mi ha raccontato che cosa è successo.» Agitò la mano in aria. «Incredibile, eh?»

Suona poco plausibile, pensò Regan. Non sarei così di buon umore, se mi avessero rubato la macchina. Che cosa gli prende a quei due? È ovvio che a entrambi piace pasticciare con la terra. Bella è scomparsa nel vigneto durante l'ora di pranzo ed è tornata con le unghie sporche. Quanto ai pantaloni di Walter, hanno un gran bisogno di finire a mollo in lavatrice.

«Be', telefonate alla polizia e poi bevete un bicchiere di vino con noi», disse Lilac.

«Accetterei volentieri», rispose Bella. «Ma devo tornare in negozio.»

«Dirò a Earl di chiudere. È già quasi ora, in ogni caso.»

«Se insisti», esclamò allegra l'altra.

Ragazzi, è raggiante anche lei, pensò Regan.

La porta tornò ad aprirsi e apparve una giovane coppia con l'aria un po' incerta.

«Posso aiutarvi?» disse loro Lilac.

«Siamo qui per incontrare Lucretia Standish», rispose la donna.

L'anziana signora balzò in piedi. «Salve!»

«Piacere di conoscerla. Io sono Heidi Durst, e lui è Frank Kipsman.» Poi si rivolse a Lilac: «Lei è la madre di Whitney Weldon?»

«Infatti.»

«L'avevo capito. Vi assomigliate tanto! Frank e io siamo rispettivamente il regista e il produttore del film in cui recita sua figlia. Ho accennato alla signora Standish la possibilità di investire in *Jinxed* e lei ci ha invitati a raggiungerla qui per bere insieme un bicchiere di vino.»

«Siete arrivati nel momento giusto! Sedetevi, prego.»

Regan notò che il regista sembrava a disagio e, incrociando il suo sguardo, gli fece un cenno di saluto.

«Whitney è qui?» chiese il giovane a Lilac.

«No, oggi è andata a un seminario. Ci raggiungerà domani al matrimonio di Lucretia.»

Salta agli occhi che lui non è contento di trovarsi in questo posto, rifletté ancora Regan. Vide che la sua amica, invece, si era precipitata a sedersi accanto a Lucretia.

Approfittando dell'occasione, si alzò e si accostò a Frank. «Mi chiamo Regan Reilly. Ieri sera ho conosciuto Whitney, qui alla cantina.»

Lui parve sorpreso. «Davvero?»

«Oggi non ha avuto la possibilità di parlarle, vero?»

Frank aggrottò la fronte. «No. Perché me lo chiede?»

«Speravo semplicemente che l'avesse sentita. Abbiamo cercato di contattarla un paio di volte, ma non ci ha richiamato.»

Questa volta lui sembrò decisamente preoccupato. «Le ho dato uno squillo stamattina alle otto. In genere mi richiama subito, invece stavolta non l'ha fatto.»

«C'è qualcosa tra voi?» chiese Regan a bassa voce.

«Sì.»

In quel momento lei ebbe la certezza che a Whitney Weldon era accaduto qualcosa.

67

PHYLLIS era pronta a dichiarare conclusa la sua giornata di lavoro. Dopo parecchie tazze di tè, Charles se n'era tornato a casa con la consapevolezza che non potevano fare molto per impedire il matrimonio di Lucretia. Se lei era decisa a sposare quel tizio, be', nessuno avrebbe potuto dissuaderla. Né lui né la sua cameriera avevano una ragione precisa da addurre per convincerla a cambiare idea, a parte il fatto che a loro non piaceva l'aspetto dell'uomo. Né il modo in cui si esprimeva. E neppure le sensazioni che trasmetteva.

«Se le viene in mente qualcosa», aveva detto Charles prima di uscire, «mi raccomando, mi chiami in qualsiasi momento.»

Phyllis pensava che, anche se il matrimonio non avesse avuto luogo, lei avrebbe comunque ricevuto il denaro da Lilac, perché Lucretia contava di regalare ai nipoti i soldi del defunto marito senza alcuna condizione. Era un po' come perdere un turno a un gioco televisivo, mantenendo però la possibilità di vincere il premio finale.

Lucretia era andata alla cantina a conoscere la sua «famiglia» solo perché lei aveva richiamato Lilac, si disse

Phyllis. In caso contrario, quell'invito non sarebbe mai arrivato. E che diavolo, se la zia non si fosse sposata, i Weldon sarebbero diventati eredi di una somma infinitamente maggiore di quella che gli era stata promessa. Non avrebbero cercato di imbrogliarla evitando di pagarle la sua commissione, giusto?

Pulì un'ultima volta il bancone della cucina, si guardò intorno e decise che era tutto in ordine. Sarebbe tornata l'indomani mattina presto per sbrigare gli ultimi preparativi. Ora me ne vado a casa, pensò, metto i piedi per aria e accendo la televisione. Aveva chiuso a chiave la porta di servizio e stava per lasciare la stanza quando squillò il telefono.

Fu quasi tentata di lasciarlo suonare.

«Sarà un'altra di quelle orribili telefonate minatorie», borbottò mentre sollevava la cornetta. «Casa Standish.»

«Pronto, parlo con Phyllis?» disse una voce di donna.

«Sono io.»

«Oh, bene. Ho bisogno di riferirle una cosa a proposito di Lucretia Standish. Negli ultimi giorni ho seguito i servizi sulla sua datrice di lavoro nei notiziari di GOS, e quello che ho visto pochi minuti fa mi ha convinto a chiamare.»

«Di che si tratta?»

«Dell'uomo che è stato arrestato alla cantina.»

«Un uomo arrestato alla cantina!» esclamò Phyllis. «Me lo sono perso.»

«Come ho detto, il servizio è appena andato in onda. Pare che fosse un ricercato. Alloggiava lì nella locanda.»

«Oh, santo cielo.»

«Ha ragione a essere preoccupata. Ieri ero seduta accanto a lui su un volo partito da New York.»

«Dice sul serio?»

«Incredibile, vero? In effetti, mi è sembrato piuttosto scortese. Si è accaparrato il bracciolo e si è mostrato irritato quando mi sono alzata per andare in bagno e ho dovuto passargli davanti. Poi, al ritiro bagagli, si è fatto avanti a gomitate per recuperare la sua valigia. Siamo usciti dall'aeroporto più o meno nello stesso momento, e ho notato che c'era un amico ad aspettarlo. L'ho sentito dire: 'Ciao, Eddie', prima che l'auto si allontanasse. Il punto a cui voglio arrivare è che l'uomo che è venuto a prenderlo ieri è il futuro marito di Lucretia Standish.»

Phyllis si concesse qualche istante per digerire l'informazione. Rimpiangeva di non aver visto il servizio.

«Edward è andato a prendere quel ricercato all'aeroporto?»

«Edward, Eddie, lo chiami come vuole, il fatto è che quei due si conoscono. Così ho pensato che la signora Standish dovesse esserne informata. È ricca, e quell'uomo non mi sembra avere intenzioni oneste. Mia sorella ha sposato un tizio che nessuno poteva sopportare, ma tutti noi avevamo troppa paura di dire qualcosa. Le ha fatto passare l'inferno, e ovviamente alla fine hanno divorziato. Ora sostiene che avremmo dovuto metterla sull'avviso. Gliel'ho sentito ripetere così spesso che ho deciso, anche se non conosco la signora Standish, che dovevo parlare ora o tacere per sempre. Se posso risparmiare a un'altra donna...»

«È proprio sicura che fosse Edward Fields l'uomo che è andato a prendere il ricercato all'aeroporto?»

«Sicurissima. Ieri l'ho visto in TV, e portava la stessa camicia che aveva all'aeroporto. Rosa. L'ho notato perché ne avevo appena comprata una dello stesso colore per mio marito. Comunque, Phyllis, questa mattina ho seguito il servizio in cui lei veniva intervistata, e mi sono detta che era la persona giusta da avvertire. La domanda è: perché il fidanzato di Lucretia Standish è in buoni rapporti con un ricercato?»

«Una domanda da centomila dollari.»

«Immagino di sì.» Rise.

«Be', grazie per aver chiamato, signora...?»

«Green, Sherry Green.»

«Forse è meglio che mi dia il suo numero.»

«Certo.»

Phyllis prese nota e poi riagganciò, ma solo per sollevare di nuovo la cornetta e comporre il numero di Charles Bennett. Non appena l'uomo rispose, gli riferì quella conversazione.

«Dobbiamo informare subito Lucretia», reagì Charles. «Non possiamo aspettare fino a domani.»

«Non è facile dire una cosa del genere per telefono.»

«Allora andiamo alla cantina.»

«Adesso?»

«Certo. Che cos'abbiamo da perdere? È importante.»

«Prima però dobbiamo fermarci da me», replicò Phyllis. «Voglio togliermi questa uniforme da cameriera.»

«Tutto quello che vuole», assentì Charles. Sorrise soddisfatto mentre riagganciava. «Finalmente!» gridò battendo le mani. «Liquideremo quel piccolo verme prima che sia troppo tardi!»

68

«ECCO la mia cronista!» gridò Lucretia balzando in piedi come una molla.

Lynne B. Harrison era appena entrata, seguita dal cameraman. «Salve», esclamò rivolgendo un saluto generale ai presenti. «Si può dire che il nostro viaggio fino all'*Altered States* è stato alquanto turbolento.»

«Voglio presentarle la compagnia», rispose Lucretia. Cominciò con la giovane che praticamente le sedeva sulle ginocchia. «Lei è Heidi. È la produttrice di un film in cui recita mia nipote Whitney Weldon.»

«Whitney Weldon è sua nipote?» la interruppe la giornalista. «Ho appena sentito parlare di lei alla radio.»

Regan fu pronta ad avvicinarsi. «Che cosa hanno detto?»

«Be', che fa una parte molto divertente nel film.»

«Chi l'ha detto?» chiese Heidi. «Voglio dire, chi lo sapeva?»

«È stato un assistente alla produzione. Era ospite di una trasmissione radiofonica, e con lui c'era un tizio che oggi teneva un seminario di recitazione. Ma hanno dovuto evacuare la zona a causa degli incendi.»

«Whitney ha partecipato a quel seminario», disse Regan.

Lynne la guardò. «Non è arrivata.»

«Non è arrivata?»

«Non è arrivata?» ripeté Lilac incredula.

Per un istante nella stanza calò il silenzio. «Pa... pare di no», balbettò la giornalista.

«Oh, Dio», gemette Lilac nel momento in cui la situazione le divenne chiara.

«Hanno detto altro a proposito di Whitney?»

«No. Hanno parlato soprattutto degli incendi.»

«Telefono alla stazione radiofonica per vedere se il conduttore del seminario si trova ancora lì.» Regan aveva preso una decisione. «Forse Whitney lo ha chiamato stamattina per dirgli che non sarebbe andata.»

«Il programma si chiama *Parlando con Dew.*» Lynne si rivolse al cameraman. «Scott, ricordi la frequenza della stazione?»

«No, ma posso accendere la radio sul furgone. È ancora sintonizzata su quella frequenza. Torno subito.»

Nessuno parlò per qualche istante. «Forse ha semplicemente deciso di fare qualcos'altro», suggerì infine Heidi ottimisticamente.

Si fece avanti Frank. «Stamattina l'ho cercata al telefono. Mi avrebbe sicuramente richiamato se avesse potuto, ma non lo ha fatto.»

Heidi lo fissò, e finalmente comprese.

Lilac si rivolse al regista. «Mi è sembrato che Whitney fosse un po' turbata, ieri sera. Ha detto che domenica voleva parlarmi», mormorò.

Lei e Frank si scambiarono un'occhiata piena d'apprensione.

Scott ricomparve quasi subito e tese a Regan un pezzo

di carta. «Hanno appena dato il numero di telefono della stazione per chi volesse chiamare.»

Regan compose in fretta il numero sul cellulare. Fu messa in attesa.

«Avanti, su», borbottò lei tra i denti, impaziente.

Finalmente l'operatore rispose. «Posso esserle utile?»

«Devo parlare con un ospite che ha partecipato al vostro programma pomeridiano. Tiene un seminario di recitazione.»

«Norman, sì. Rimanga in linea.»

Ancora una volta Regan attese, sperando contro ogni ragionevolezza che Whitney avesse telefonato per disdire la sua partecipazione. Forse aveva deciso di passare la giornata in spiaggia; forse c'era una spiegazione logica...

«Pronto, sono Norman Broda.»

Regan si presentò. «Sono qui con la famiglia di Whitney Weldon e siamo preoccupati per lei. Ci risulta che non abbia partecipato al suo seminario, oggi. Ha chiamato per avvertirla?»

Norman sospirò. «No. E la cosa mi ha sorpreso molto, perché si era iscritta solo ieri e mi era sembrata entusiasta.»

Regan scosse la testa. «Se dovesse avere sue notizie, la prego di telefonarci.»

«La mia ragazza lavora qui alla radio come disc jockey. Le chiederò di mandare in onda un annuncio. Qualcuno potrebbe averla vista, o lei potrebbe sentirlo e farsi viva.»

«Grazie.» Regan gli diede il numero di *Altered States* e chiuse la comunicazione.

Si voltò verso il gruppetto che la osservava attenta. «Chiamo la polizia. Dato che Whitney se n'è andata solo stamattina, non può essere ancora dichiarata persona ufficialmente scomparsa...»

«Ma quel criminale è stato qui!» proruppe la giornalista.

Ora Lilac appariva molto angosciata.

«Lo so», ammise Regan. «Ma dovremo cominciare noi stessi le ricerche. Potrebbe essere in qualunque luogo tra qui e il posto dove si è tenuto il seminario... che dista più o meno un centinaio di chilometri. Non credo, però, che lei sia andata molto lontano. Ieri sera ci ha detto che stamattina sarebbe partita alle sei. Se Rex Jordan è coinvolto nella sua scomparsa, deve essere tornato prima delle otto perché, se fosse rientrato più tardi, qualcuno di noi l'avrebbe visto. Questo significa che non è rimasto fuori a lungo.»

«Mando subito in onda un servizio in diretta», si offrì Lynne. «Magari qualcuno l'ha vista in giro da qualche parte. Avete una foto di Whitney?»

«In ufficio», rispose Lilac precipitandosi a prenderla.

Arrivò Edward e si fermò ai margini del gruppo.

«Tesoro», gli disse Lucretia, «Whitney è scomparsa.»

«È terribile», rispose l'uomo.

«Se ci distribuiamo a ventaglio...» cominciò Regan, ma in quel momento squillò il suo cellulare. Il numero sul display era quello di Jack.

«Ho appena ricevuto i tabulati relativi al cellulare di Rex Jordan», la informò lui. «Ha chiamato un numero più volte in questi ultimi giorni; potrebbe essere quello del nostro amico Edward. L'ho composto, ma mi ha risposto la segreteria.»

Regan lanciò un'occhiata a Edward, che se n'era rimasto vicino alla porta, quasi stesse meditando la fuga. «Qual è il numero?» chiese poi a Jack. Mentre prendeva nota, lo ripeté ad alta voce, lentamente e deliberatamente: «310-555-1642».

«Ma è quello di Edward!» esclamò Lucretia.

«Un momento, Jack.» Regan guardò l'uomo con durezza. «È il suo numero?»

«Ah, sì, è il mio.»

«C'è un motivo particolare per cui Rex Jordan l'ha chiamata più volte negli ultimi giorni?»

«Che cosa?» ansimò Lucretia.

«Io... io...» balbettò l'uomo.

«Sei un complice di quel delinquente!» strillò Lucretia.

«L'ho conosciuto a New York... Ho cercato aiutarlo...»

«Mi hai mentito!» esclamò la donna, indignata. Con un gesto secco si sfilò l'anello e glielo gettò addosso.

«Hugo, Edward, o comunque si chiami», disse Regan con voce gelida, «dov'è Whitney?»

Lui era sbiancato. «Come faccio a sapere dov'è? Io non ho fatto niente di male. Lucretia, devi ascoltarmi.»

Ma Regan non intendeva dargli tregua. «Se dovesse succedere qualcosa a Whitney, lei verrà considerato complice di un omicidio. Forse non si rende conto che in California per il sequestro di persona e l'omicidio c'è la pena di morte.»

Il rombo di ventun motociclette che facevano il loro ingresso all'*Altered States* riempì l'aria.

Dirt arrivò correndo, seguito da Big Shot. «Il fuoco si sta avvicinando dal versante occidentale della montagna. Siamo appena passati davanti al vostro fienile... è in fiamme. Ci sono tizzoni ardenti che volano dappertutto.»

«Prendiamo le pompe!» gridò Leon. «Per fortuna è toccato al fienile. Là non c'è altro che un guazzabuglio di vecchi macchinari e cianfrusaglie.»

«Non è vero», sussurrò Edward con voce tremante. Sapeva che era finita. «Whitney è là dentro, legata nella sua auto.»

Lucretia gemette come se fosse stata mortalmente ferita. «Whitney!» gridò, pensando alla nipote che ancora non conosceva e che forse non avrebbe conosciuto mai.

69

Whitney sapeva che era finita. Sarebbe morta, e non c'era nulla che potesse fare per evitarlo. Il fienile era già invaso dal fumo e il caldo stava diventando insopportabile. Ormai, tutti gli esercizi di meditazione del mondo non sarebbero bastati a calmarla.

Perché? Perché deve succedermi questo proprio quando le cose stanno andando bene? si chiese. Aveva incontrato Frank, e lui era tutto quello che cercava. Le prime lacrime le sgorgarono dagli occhi, inumidendo la benda. Loro due stavano insieme da poco, ammise, ma era sicura di aver trovato l'anima gemella.

Poi pensò alla madre, che l'aveva cresciuta da sola. Rimpianse di averla tormentata tanto perché l'aveva chiamata Freshness. Oh, be', si disse poi riuscendo quasi a sorridere. Immagino che avrebbe potuto andarmi peggio. La mamma mi ha raccontato che il nome alternativo era Poetry, poesia. Sì, sua madre era stata una vera hippy, ma lei sapeva che non avrebbe potuto averne una migliore. Temeva che la sua morte l'avrebbe distrutta, e Lilac certo non lo meritava.

E lo zio Earl. Che personaggio! Le aveva insegnato a

meditare e a concentrarsi. «Devi prestare attenzione», le ripeteva quando lei si lamentava dei pensieri che le si affollavano nella mente. «Fare la svagata va bene quando sei sul set, ma non nella vita reale.»

Lo zio Leon alzava sempre gli occhi al cielo nell'udire il fratello pronunciare quelle parole. «Senti da che pulpito», commentava ridendo. Lui era il guerriero della famiglia, quello che stava dietro le quinte e si accertava che tutti stessero bene.

Mi mancherete, pensò Whitney, squassata dalla tosse. Mi mancherete tutti quanti.

70

«Mi porti al fienile», urlò Regan rivolta a Dirt.

«Vengo anch'io», gridò Frank.

L'intero gruppo entrò in azione.

«Chiamo i vigili del fuoco», disse Nora.

Leon corse fuori dai motociclisti. «Datemi una mano con le pompe.»

Regan saltò in sella e la moto sfrecciò rombando tra le vigne. Subito dietro c'era Big Shot, con Frank.

Ti prego, supplicava Regan aggrappata al gilè di pelle di Dirt, fa' che stia bene.

L'odore acre del fumo si faceva sempre più forte. Arrivarono al folto d'alberi e girarono a destra. Il fianco sinistro del fienile avvampava davanti a loro. Dirt fermò la moto e Regan balzò a terra, precipitandosi verso il fabbricato. La porta era già in fiamme. Corse intorno alla ricerca di qualcosa per abbatterla. Dietro il fienile, trovò due pale e con quelle tornò dagli altri. Frank gliene strappò una di mano, poi insieme cominciarono a colpire la porta finché questa si schiantò.

Fuoriuscirono spesse volute nerastre. I quattro gridarono il nome di Whitney. Dentro, l'aria era così densa di fumo che non si vedeva niente.

«Whitney!»
«Whitney!»
«Freshness!» urlò Frank a pieni polmoni.
All'interno dell'auto, Whitney era in un bagno di sudore. Stava perdendo conoscenza. Qualcuno la chiamava, o se lo stava solo immaginando? si chiese vagamente.
«Freshness!»
Sì, qualcuno la stava chiamando. Qualcuno era arrivato a salvarla. Doveva fargli capire dov'era, ma era così stanca... Con uno sforzo sovrumano, riuscì a sollevare le gambe e cominciò a colpire il finestrino posteriore della jeep.
«Sento qualcosa», gridò Regan. «Da quella parte.» Muovendosi quasi alla cieca, andò verso la fonte del rumore e quando la pala che teneva davanti a sé urtò una superficie di vetro, allungò la mano. Era il finestrino di un'auto, dalla parte del passeggero. «Ho trovato la macchina», urlò, spalancando la portiera.
«Whitney!» chiamò ancora.
Sentì un lamento provenire dal retro.
Si allungò verso il cruscotto; la chiavetta di accensione era ancora inserita. «Ti portiamo fuori di qui», disse mentre saliva al posto di guida e avviava il motore. Tenne la mano pigiata sul clacson mentre usciva in retromarcia. Si fermò solo quando fu al sicuro, a qualche metro di distanza dal fienile ormai avvolto dalle fiamme.
Frank si precipitò ad aprire il portello posteriore. Saltò dentro e, presa Whitney tra le braccia, la portò fuori adagiandola a terra. Dirt, che l'aveva seguito, gli tese il coltello a serramanico. Con cautela, Frank tagliò i nodi che tenevano prigioniera la ragazza, poi le tolse il bavaglio e la benda. Lei aprì gli occhi e non riuscì a credere di stare

guardando l'uomo che amava, l'uomo che aveva creduto di non rivedere mai più.

«Credo di doverti una telefonata», sussurrò.

Frank sorrise e si asciugò una lacrima. «Va tutto bene», rispose tenero. «Solo, fai in modo che non succeda di nuovo.»

71

Bella e Walter stavano diventando pazzi. Corsero verso il fienile con tutti gli altri, mentre i motociclisti davano una mano a Leon a spegnere le fiamme con le pompe. Due di loro erano rimasti nella locanda a sorvegliare Edward in attesa della polizia. Quanto a lui, quasi non vedeva l'ora che arrivasse. Qualunque cosa era preferibile allo stare lì a subire gli improperi di Lucretia.

Ansimanti, gli Hagan giunsero al fienile proprio nel momento in cui Whitney veniva estratta dalla jeep. Che salvataggio! Tutti le si erano assiepati intorno.

Arrivò il carro dei pompieri, che andò a fermarsi davanti all'edificio in fiamme. I vigili del fuoco scesero e, azionate le pompe, si misero al lavoro.

«Walter», bisbigliò Bella. «Che facciamo con il tesoro?»

L'uomo si guardò intorno. Tutti erano ancora concentrati su Whitney.

«Ho troppa paura a lasciare il baule lì dov'è. È di legno. Se l'incendio si propaga, brucerà, e allora chissà cosa potrebbe accadere alle nostre bottiglie. Andiamo a prenderlo. Nessuno farà caso a noi. Possiamo nasconderlo nel vigneto e tornare a recuperarlo stanotte.»

In tutta fretta, sgattaiolarono dietro il fienile.

«Dove sono le pale?» chiese Bella.

«Erano qui quando me ne sono andato», si lamentò Walter. «Non so dove possano essere finite.»

«Abbiamo le mani», replicò lei con decisione. «Su, non perdiamo tempo.»

Si inginocchiarono nel punto che l'uomo aveva contrassegnato con i sassolini e cominciarono a scavare.

«Presto, Walter. Presto!»

«Mi sto sbrigando», ribatté lui.

Scavarono furiosamente, come due vivaci cagnolini. Il calore era così intenso da farli sudare.

«Sono contenta che Whitney stia bene», ansimò Bella.

«Oh, anch'io. Anch'io.»

Non si accorsero di Regan che, pochi metri più in là, li osservava divertita.

«Eccolo!» gridò Walter quando le prime tracce di rosso si fecero visibili.

«Ohhhh!» trillò Bella.

Afferrarono il baule e lo tirarono fuori. «Vuoi dare un'occhiatina?»

«Non adesso. Portiamolo via di qui.»

«Piacerebbe anche a me dare un'occhiata», disse Regan.

Bella si voltò di scatto a guardarla. «Apparteneva a mio nonno, e ora è mio!» esclamò con aria di sfida.

«Vedremo», replicò l'altra. «Chiederò a un paio di motociclisti di trasportarlo in casa. È stato ritrovato sulla proprietà dei Weldon, e saranno loro a decidere che cosa farne.» Lo sapevo che quei due avevano l'aspetto di chi va in giro a pasticciare con la terra, pensò. Ma un tesoro nascosto? Muoio dalla voglia di vedere che cosa c'è dentro quel baule.

72

WHITNEY era debole e continuava a tossire, ma insistette per tornare a casa a piedi. «Ho bisogno di una ventata di freschezza», scherzò, spalancando le braccia. «Voglio stare all'aria aperta con le persone che amo.» Passò un braccio intorno alle spalle di Frank e l'altro intorno a quelle della madre. I due la sostennero nel breve tragitto di ritorno, mentre Earl e gli altri li seguivano da vicino.

Heidi stava cercando di attaccare discorso con Leon, che trovava molto sexy. Il modo in cui aveva dato ordini alla banda di motociclisti e combattuto le fiamme fino all'arrivo dei vigili del fuoco l'aveva elettrizzata.

Regan, che camminava a fianco dei genitori, compose il numero di Jack.

«Altri eccitanti sviluppi», gli riferì quando le rispose.

Dirt e Big Shot si erano offerti di trasportare il bauletto rosso, della cui esistenza i Weldon erano ancora all'oscuro. Al momento avevano occhi solamente per Whitney.

Walter e Bella chiudevano la fila, e ora era lei ad agitare il pugno. «Non mi importa quello che diranno. Quelle bottiglie appartenevano a mio nonno Ward, e devono restare in famiglia.»

«Lo so, lo so... vedremo cosa si può fare.»

Lucretia uscì dalla casa per accogliere la nipote. «Whitney!» gridò.

«Zia Lucretia!» Le due si abbracciarono di slancio.

«Mi dispiace tanto», si lamentò la donna anziana.

«Di che cosa?»

«Mi dispiace che quel patetico tentativo d'uomo che stavo per sposare abbia complottato per non farti venire al nostro matrimonio.»

Gli agenti di polizia avevano ammanettato Edward Fields e lo stavano portando fuori. Si fermarono davanti a Whitney, che lo guardò dritto in faccia.

«Perché non volevi che partecipassi al matrimonio?»

Lui non rispose.

«Si chiama Edward Fields», intervenne Lucretia. «In precedenza conosciuto come Hugo Fields.»

«Allora?» incalzò Whitney. «Che cosa hai contro di me?»

«Non lo avevi mai visto prima?» chiese Lucretia.

«Forse, ma proprio non riesco a ricordare dove.»

Edward sembrava inorridito. «Non ti ricordi di me?» ansimò.

«Mi dispiace. Non sono brava a ricordare le facce. Lo zio Earl mi ha spiegato che devo concentrarmi di più sui particolari.»

Edward era prossimo al crollo. Dunque, tutto quello che aveva fatto per tenerla lontana dalla cerimonia non era necessario? Lei non lo aveva neppure riconosciuto, pensò. Si sentiva morire.

«Il corso di recitazione a New York!» gridò. «Abbiamo lavorato insieme a una scena.»

«È per questo che non mi volevi al matrimonio?» si stupì Whitney. «Eri un attore così pessimo, o che altro?»

«Nooooo», ululò lui mentre gli agenti lo trascinavano via. I suoi pensieri erano come le scimmie di Earl, che saltavano da un ramo all'altro. Se solo avesse corso il rischio. Se solo non avesse contattato quell'idiota di Rex. Se solo, se solo, se solo...

«Accidenti», commentò Whitney. «È evidente che non gli piaccio affatto.»

«Be', piaci a noi, tesoro», le assicurò Lilac. «Entriamo. Hai bisogno di bere e di mangiare qualcosa.»

«Questa non sarà più una festa di addio al celibato», annunciò Lucretia. «E ringraziamo Dio!»

Regan tirò Lilac in disparte. «Bella e Walter hanno dissotterrato un bauletto dietro il fienile. L'aveva seppellito il nonno di Bella più di ottanta anni fa, e contiene delle bottiglie da vino. Lei pensa di avere il diritto di tenerle. Però deve sapere, Lilac, che si tratta di oggetti antichi, che possono avere un grande valore.»

La donna la guardò, ripensando a quello che aveva provato quando il denaro dello zio Haskell era andato tutto a Lucretia. Era giusto che ciò che era appartenuto alla famiglia restasse in famiglia.

«Del resto», stava dicendo Regan, «le pale che abbiamo usato per abbattere la porta del fienile non sarebbero state lì se quei due non si fossero messi a scavare sul retro.»

«Non una parola di più», bisbigliò Lilac. Guardò la figlia che, seduta accanto a Frank, sorrideva. «Ho tutto quello di cui ho bisogno. Dica agli Hagan che le bottiglie sono loro.»

Regan si girò verso la coppia che aspettava ferma sulla soglia e alzò i pollici in segno di vittoria. Bella appoggiò la testa sul petto del marito e scoppiò a piangere di gioia. «La mamma sarà molto felice! Andiamo subito a telefonarle.»

«E domani compriamo un'auto nuova.»

I Saggi della Strada erano impegnatissimi a preparare il barbecue e ad apparecchiare in cortile. Nel salone, intanto, si brindava.

Frank e Whitney sedevano vicini sul divano, e così Heidi e Leon. Nora e Luke erano accanto a Bella e Walter, che Lilac aveva invitato a fermarsi.

Lynne B. Harrison e il cameraman riprendevano tutto.

«Al karma», brindò Earl. «Ciò che va, torna. Siamo felici di avere di nuovo Whitney con noi e che Lucretia sia entrata nella nostra vita.»

«E io sono felice di avervi come parenti e amici», trillò Lucretia. «A che scopo possedere tanto se non posso condividerlo?»

Riceveranno il denaro, pensò Regan.

«Forse questa volta la mia vita amorosa non ha esattamente preso la piega giusta...» Risero tutti mentre altre due persone si affacciavano alla porta. Scorgendole, Lucretia le salutò con la mano. «Ma non si sa mai quello che può succedere», concluse. «Charles, Phyllis, entrate.»

«Phyllis?» fece Lilac.

«Sì, sono io. Eravamo preoccupati per Lucretia.»

«Ma poi abbiamo sentito alla radio che non ce n'era più motivo», disse Charles, prendendo fra le sue la mano dell'anziana signora.

«È al fresco, sì», confermò lei.

«Allora auguriamoci che buttino via le chiavi della sua cella», esclamò lui. «Brindiamo a questo.»

«Alla salute! Alla salute!» gridarono tutti.

«È magnifico», si entusiasmò Lucretia. «Non so che altro potrebbe mancare per rendere questa festa perfetta.»

«Noi due, forse?»

Tutti si girarono verso la porta. Sulla soglia ora c'erano due donne anziane e un uomo dai capelli bianchi.

Lucretia li guardò, un'espressione sconcertata sul viso.

«Dài, Luckey», gridò Polly. «Hai detto di non averci dimenticate!»

«Ahhhhh!» strillò l'altra. «Le mie due più vecchie amiche!»

Polly e Sarah si precipitarono da lei. «Le tue due più vecchie amiche che MAI MAI MAI renderebbero pubblico il nostro segreto!» esclamò Sarah.

«Ormai non me ne importa più», replicò l'altra. «Sono fiera di avere novantasei anni!»

«Lucretia!» rise Charles. «Hai mentito sull'età!»

«Quale attore non lo fa? E sai una cosa? Tornerò a recitare.» Sorrise a Heidi. «Ho una parte nel film in cui lavora Whitney, e ho deciso di fondare una casa di produzione. Ci divertiremo un sacco, Charles. E anche tu, basta con la vita da pensionato. Rientriamo nel giro.»

«In questo caso, ci vuole un altro brindisi.»

Lilac alzò il bicchiere. «Vorrei farne uno anch'io. A Regan Reilly. Non fosse stato per lei... be', non voglio neppure pensare a che cosa sarebbe potuto accadere.»

«Grazie, Lilac.» Regan sorrise. «Immagino si possa dire che è stata una giornata molto piena.»

Dirt fece capolino dalla finestra. «La cena è pronta.»

Lilac prese da parte Phyllis. «Devo ancora ringraziarla per avermi telefonato quel giorno.»

La donna sembrava imbarazzata. «In realtà, non sono stata poi così onesta...»

«Non voglio ascoltare altro», la interruppe Lilac. «Se lei non avesse chiamato, noi non avremmo incaricato Regan Reilly di cercare Whitney. Così, invece, ha salvato la vita di mia figlia. Non potrò mai ricompensarla abbastanza per questo, ma intendo provarci non appena Lucretia...»

Per Phyllis era come se si fosse aggiudicata il primo premio nel suo programma preferito. «Il denaro non è più importante adesso», disse con la voce che le tremava per l'emozione. «Sapere che ho contribuito a salvare Whitney mi fa sentire una vera vincitrice.»

Lilac le afferrò la mano. «Ora andiamo a mangiare.»

Al termine della serata erano tutti felici. Avevano bevuto, mangiato, cantato, e si erano divertiti un mondo. Lilac insistette perché si fermassero lì per la notte. «Di stanze ce n'è in abbondanza», assicurò. «In ufficio c'è un divano letto, in cantina abbiamo una brandina e...»

Finalmente in camera, Regan guardò fuori dalla finestra e sorrise. I motociclisti si erano infilati nei loro sacchi a pelo e dormivano sotto le stelle. Che giornata memorabile, pensò mentre appoggiava a sua volta la testa sul cuscino. E fra solo due settimane rivedrò Jack.

Domenica, 12 maggio

73

La domenica mattina era limpida e assolata. Gli uccelli cinguettavano e trillavano, e gli ultimi focolai dell'incendio erano stati estinti prima dell'alba. Ormai sveglia, Regan indugiò qualche istante a letto ad ascoltare i suoni che la circondavano. Erano quasi le nove. Non mi sono praticamente mossa nel sonno, pensò. Ragazzi, se ero esausta.

Si alzò, fece la doccia e andò in sala da pranzo. Le sedie erano tutte occupate e i motociclisti si erano accaparrati parecchi tavoli. Luke e Nora sedevano con Lucretia, le sue vecchie amiche e Charles.

«Buona Festa della mamma.» Regan si chinò a baciare Nora sulla guancia.

«Grazie, tesoro.»

Lilac e Phyllis emersero dalla cucina portando vassoi colmi di frittelle.

«Regan, potrebbe andare in terrazza a prendere un paio di sedie?» chiese Lilac.

«Certo.»

Lei lasciò la stanza, attraversò il salone e uscì in terrazza. C'era una sola sedia, e a occuparla era Jack Reilly.

«Pensavo che non ti saresti mai svegliata», le disse lui sorridendo.

«Jack!» Regan gli si sedette sulle ginocchia per abbracciarlo. «Che ci fai qui?»

«Ho un paio di giorni liberi e ho pensato che avremmo potuto riprendere la nostra vacanza nel punto in cui l'abbiamo interrotta.»

«Non qui! Voglio andarmene da questo posto.»

Jack scoppiò a ridere. «Sto scherzando. Qualcuno doveva venire per scortare Rex a New York, e tanto valeva che fossi io. Non mi andava di aspettare altri quindici giorni per rivederti.»

Sulla porta comparve Lucretia. «Cari, muovetevi! È troppo tardi per disdire il servizio di catering, quindi ci trasferiamo tutti a casa mia per un'altra meravigliosa festa.» Si interruppe, e ammiccò con un sorrisetto malizioso. «A meno che voi due non vogliate trasformarla in una cerimonia di nozze.»

«Abbiamo bisogno di più tempo per i preparativi», rispose Jack. Poi si voltò a guardare Regan. «Non credi?»

Lei gli sorrise. «Penso di sì.»

Finito di stampare nel giugno 2005
presso la Mondadori Printing S.p.A.
Stabilimento N.S.M. di Cles (TN)
Printed in Italy